月華の方士

夜見戻りの贄は闇を祓う

深海 亮

富士見Ｌ文庫

JN230501

GEKKA NO HOSHI

CONTENTS

登場人物

段　素月
怪異がらみの依頼を請け負う方士。幽鬼を見ることができる。珍しい灰色の瞳をもち、右頬から体にかけて火傷痕がある。

言　耀天
犯罪を取り締まる捕吏。数人の部下を率いる捕頭を務める。母は現帝の妹。

雷文
耀天の部下の捕吏。小柄な少年。

郭　白淵
耀天の部下の捕吏。眼鏡をかけた穏やかな青年。

曹　麗雪
耀天の部下の捕吏。色白の可愛らしい女性。

鄧　水藍
検屍官。艶やかな美女。

邱　玉春
銀華茶房の女将。素月の数年来の知人。

朱清・高蕾
耀天の幼馴染みの夫婦。

暁陽
素月に方術を教えた師匠。白銀の髪に赤い瞳の女性。現在行方がわからなくなっている。

李辰
耀天のかつての同僚。耀天に捕吏の仕事を教えた師匠でもある。

序章

あの世に楽土(らくど)というものがあるのなら、自分もそこへ向かいたい。早く召されてしまえ。柱に縛り付けられた一人の少女は、足元から体を這(は)い上がろうとする炎を見下ろしながらただ願った。

自分の生に、一体何の意味があったのだろう。

この世に生まれ出た時から疎まれ、誰からも愛されず、奴婢(ぬひ)同然の扱いを受け、終(しま)いには生贄(いけにえ)として命を奪われる。

禍(わざわい)から村を守るため——。禍とはなんだ。少女にとって、禍は人間そのものだった。纏(まと)っている襤褸(ぼろ)はあっという間に炎に呑(の)まれていく。周囲を取り囲んでいる村人たちが歓喜の声を上げる。

横風が吹いて、右半身を中心に皮膚を焼き始めた。

熱い、痛い、誰か——。

少女は咄嗟(とっさ)に助けを求めようとしたが、猿轡(さるぐつわ)のせいで呻(うめ)くことしかできない。後に呪詛(じゅそ)をかけられてはならないと、村人たちが少女に嚙(か)ませたのだ。

それに、助けを求めたところで誰が助けるというのか。この場にいる人々は、炎に包まれていく自分を見て喜んでいるだけだ。

少女は諦めた。そして嗤った。首筋が熱い、炎が首筋まで這い上がってきた。ああ、早く殺して。

再び願った瞬間だった。村人たちが突然喉を押さえてもがき苦しみ、一斉に地面に倒れたのは。そして少女の体に水がかけられた。

何が起こったのか分からなかった。朦朧とする意識の中、少女の視界に映るのは一人の女の姿。月光を掻き集めたような白銀の髪、そして血のような真っ赤な瞳。

彼女の手には空の桶がある。彼女が水をかけてくれたのだろうか。

少女の意識が遠のいていく。

「死ぬなよ、娘。死んでやるな、こんな奴らのために。生きろ、その意志こそがおまえを助ける」

少女の体が柱から降ろされ、温かい手に抱き留められる。

死んでやるな——。その言葉が、意識を手放す少女の胸に深く刻まれた。

第一話　聞こえない悲鳴

仕事のため家を出た段素月は、傘を片手に空を見上げた。まだ雨は降っていない。しかし頭上には、重々しい曇天が広がり、吹き荒れる風に雲が押し流されていく。

連日続いた雨で土はぬかるんでいて、靴はすぐに汚れてしまう。そして足元に転がってきた小さな落石。素月は山の斜面に目をやった。

（まさか、崩れないよね）

素月は庭廻山と呼ばれる山の奥で暮らしている。

山麓ならば人里があるものだが、こんな場所に人里はない。山の斜面に囲まれて暮らしているのは、素月ただ一人だ。

といっても、素月が好きで選んだわけではない。師匠がここに居を構えていたので、その流れで住み続けているだけだ。

師匠曰く、方士たる者、無人で清浄な場所で暮らすのが通例らしい。

そもそも方士とは、修行で身に付けた方術を以て、人々に降りかかる禍を取り除くことができる人間のことだ。素月も方士の端くれで、持ち込まれた依頼を方術で解決する代わりに、報酬を得て生計を立てている。

（それにしても、天気の悪い日に仕事とはね）

本当ならこんな日は、家の中で雨音を聞きながら本を読んでゆっくりと過ごしたい。しかし、仕事をしなければ食ってはゆけぬ。

素月がこれから向かうのは、嬰国の都——栄楽である。栄楽に住む新婚夫婦から、仕事の依頼があったのだ。

確か、相談の内容は家鳴りだったか。

素月は大きく欠伸をしながら、のんびりと山を下り始めた。


皇城を起点に国の中枢機関が集中し、人と物の行き交いが激しい都、栄楽。賑やかで流行の最先端をいく街である。

せっかく山を下りてきたのだから、帰りに何か食べて帰ろうかと素月は考える。甘味をしばらく食べていないから、甘味が良いか。それなら知人が営む茶房に寄るか。いや、甘味だけでなく飯屋も捨てがたい。つまり、美味しいものを腹いっぱい食べて帰りたい。

（それに、街で師匠の情報も集めないと）

素月の師匠——暁陽は、仕事で街へ向かったきり行方が知れない。もう半年になるだろうか。

長丁場になるかもしれない、と珍しく真剣な顔をしてぼやいていたが、あまりに長すぎやしないか。彼女は心配するなと言っていたが、さすがにそろそろ心配だ。

山を下りる度に彼女の情報を集めているのだが、これといった情報は得られていない。

（どうしたものかな）

思案しながら歩く素月を、すれ違う人々が見ては慄（おのの）き、顔を背けて足早に遠ざかっていく。まるで腫れ物に触るかのようだ。

（全く、相変わらずな反応だよね）

原因は幾つかあるが、首から右頬にある大きな火傷（やけど）痕が一番の原因だろう。

今ではこういった反応に慣れているが、昔は視線が煩わしく、顔半分を髪で隠そうかと考えたこともある。しかし、髪が視界を遮るのでやめた。そもそもどうして自分が周りに気を遣って隠さなければならないのか。馬鹿馬鹿しい。なので毎日、上半分の髪を簪（かんざし）で一つに纏めている。ちなみに簪は二つ挿している。一本は髪を纏めるために、もう一本は仕事用だ。

二つ目は素月の服装だ。羽織っている外套（がいとう）をはじめ、その下に着ている襦裙（じゅくん）も全て黒。帯だけは白だが、黒も白も、国では不吉な色とされている。

すると前から一人の子供が走ってきて、素月の前で足を止めた。そして不思議そうな顔で素月を見上げ、瞳を指さす。

「お姉ちゃん、目の色が変」

三つ目はこれだ。素月の瞳は、この国では珍しい灰色をしている。光の加減で灰青色にも変化するこの目は、昔から気味悪がられてきた。

素月は子供を見下ろした。

「変と言われても。生まれた時からこの色なんで」

「どうして？」

「さぁ。どうしてでしょうか」

そんなことを問われても、素月は答えを知らない。

とそこで、子供の母親らしき女が慌てた様子で走ってきた。

「す、すみません！　子供が失礼なことをっ」

「いいえ、お気になさらず」

素月は笑ってみせたが、女は怯えたように頰を引きつらせた。そして子供を素早く抱え上げると、俯いたまま走り去っていく。

(別に、取って食いやしないのにね)

大きな火傷痕に灰色の目。それに、人形じみた笑い方も気味が悪いのだろう。

この笑みは長年の癖なので仕方がないではないか。

素月にだって感情はもちろんある。怒りも悲しみも苦しみも、全て人と同じように。けれど、どうしてか表情として表れないのだ。全て愛想笑いのような表情になってしまう。

(やっぱり、人混みは面倒だね)

手元にある地図を確認して、依頼主である朱清の屋敷を素月は目指す。ちょうどぽつり、ぽつりと雨粒が素月の頭上へ落ちてきたところであった。


一方、その頃。


素月が目指す屋敷を、一足先に訪れている青年がいた。名は言耀天。

「なんで突然やってくるかなぁ」

「おまえらが文を寄越してきたんだろうが」

「でも、なんで今日なのよ」

耀天は屋敷の主である朱清と、その妻の高蕾から困った目を向けられる。彼ら三人は幼馴染みで気心が知れた間柄である。

「今日がたまたま休みなんだ。予定があるなら帰るが」

夫妻はどうしようかと目を見合わせた。この耀天という男に説明すれば、絶対に反対されるからだ。だが友人に嘘をつきたくはない。

朱清はため息をついて、渋々白状することにした。

「その、方士様をお呼びしているんだ」

「方士だ？」

耀天の目が怪訝そうに細められた。ああやっぱり、と夫妻は額を押さえる。

「方士なんて詐欺師と変わらないだろうが」

耀天は性格的にも職業的にも現実主義である。それは分かる。だが、こうも自分たちの屋敷だけが不気味な現象に襲われていれば、方士に縋りたくもなるものだ。

「突然起こる家鳴りがどれだけ怖いか分からないだろう。僕たちの身にもなってくれよ」

「本当に揺れるのか」

「揺れるから、耀天にも相談したんでしょ!?　ここだけよ、揺れてるの。どう考えてもおかしいじゃない！」

高蕾が泣きそうな目をして耀天を睨むと、耀天はたじろいで、悪かったと素直に謝った。

耀天は昔から女の泣き顔が苦手なのだ。

「けどな、方士はあまり感心しない。昔は不老不死だの仙道だのを説いて宮廷を牛耳っていた奴らだ。今でもたまに見かけるが、どうにも詐欺師と変わらないがな」

初代皇帝が国を興した頃は、方技術数に優れた方士が宮廷に大勢いたとされるが、今では王室の恩寵はなくなり、祭事の際に見かけるくらいだ。

「金をとられて終わり、ってことにならないのか」

「それが、その方士様は解決してから報酬をくれればいいって言うのよ。納得できなければ報酬はいらないって」

「は？」

「ちょっと変わった方らしいんだけどね。まぁ、見てもらうくらいはいいだろ？」

「まぁ、それなら……。けど、心配だから俺もいていいか。どうにも胡散臭い」

「構わないけど、あんまり口を挟まないでくれよ」

「それは相手次第だろ。俺はああいった奴らを信用していない。少し、試すくらいならいいだろ。……おまえらはお人好しすぎて心配なんだよ」

朱清と高蕾は目を見合わせて苦笑した。耀天は人をお人好しというが、そういう彼こそたいがいなお人好しであることを、二人は知っているからだ。

「それより耀天こそ、ちゃんと一人で生活できているの？　明薇さん、腰を悪くしてまだ復帰できてないんでしょう？」

明薇、とは耀天の屋敷で働く下女である。先日腰を痛めたため、今は暇を与えている。幼い頃から耀天の面倒を見てきた彼女のことだ。おそらく、耀天のことが心配でならないだろう。

「耀天は、家事なんてなにもできないじゃない」

「なんとかやってる、大丈夫だ」

「本当かしら。家の中、ぐっちゃぐちゃだったりして。食器も洗わずそのまま放置してたりして」

「うるさい、高蓄には関係ないだろ」

「こっちは心配してんでしょ！」

「まぁまぁ二人とも」

朱清が間に入って二人を宥める。

外では、雨が本格的に降り始めていた。

＊＊＊

皇城の東と西には住宅街がある。東はいわば、貴いお方が住む区域だ。宗室関係者や官吏の中でも高官の一族が集まっている。一方、素月が用のある西の区域は、商人や中流階級の人々が集まっている。東に劣るとはいえ、素月からすれば十分金持ちの集まりである。

辿り着いた屋敷も、懸山頂の朱色の屋根が美しい。素月が住んでいるあばら家とはえらい違いだ。

依頼主は若い新婚夫婦だが、初対面で会った印象は身なりが良く上品だった。

やはり金持ちだったか。

どこからか、雨の匂いに混じって金木犀の甘い香りが漂ってくる。そして微かだが、妙な冷気も感じる。

「足元が悪い中、お越しいただきありがとうございます」

門を叩けば、依頼人の朱清が出迎えてくれた。礼儀正しく、やはり育ちの良さそうな男だ。案内された居間には彼の妻である高蕾と、見知らぬ男が椅子に腰かけていた。高蕾は素月を目にするなり立ち上がる。

「これは方士様、本日はよろしくお願い致します」

「こちらこそよろしくお願いします」

「朱清。例の方士ってそいつか」

すると同席している男が、不信感に満ちた目を早々に向けてきた。

「耀天、失礼だろ。僕たちのためにわざわざ出向いてくださったんだ。君は客人だが、突然やってきた客人だ。口を挟むなら帰れと言ったじゃないか」

「家鳴りだの祟りだのしつこく連絡してきたのはそっちだろ」

「なら、せめて事前に都合をきいてほしいもんだよ。あぁ、すみません。こいつは言耀天。一応友人です」

「おい、一応ってどういう意味だ」

口調からして仲の良い友人か、と素月は判断した。だが耀天と呼ばれた男は、温厚そうな朱清と違い、纏う空気がどうにも剣呑としている。

彼は群青色を基調とした上品な深衣を纏い、髪を一つに結い上げている。一見したところ良家の青年といった感じだが、切れ長の鋭い目つきの中に獰猛さが見え隠れする。それに態度が大きい。

彼は立ち上がると、素月を無遠慮に見下ろした。

「おまえは異人か？」

灰色の目のことを言っているのであろう。それに、素月は目鼻立ちがはっきりしていて、他者よりも彫りが深い。

素月は臆することなく、目の前に立つ男を灰色の目で見上げた。

「もちろんこの国の生まれですけど」

「方士なのか」

「そうです」

すると、彼は訝しげに目を細めて鼻を鳴らした。

「どうも信用ならない奴だな」

「あら、奇遇ですね」

「あ？」

「わたしもあなた方のこと、何一つ信用してませんよ」

素月はにこりと目を細めた。

「といいますか、あなたはただの客人なんですよね。なのに、どうしてそんなに態度が大きいんですか？　図体が大きいだけでも圧迫感があって鬱陶しいのに。仕事の邪魔なので黙ってるか、黙ってられないのなら厠にでも籠もっててくれません？　もしくは、帰るってのもありですねぇ」

素月の遠慮のない返しに、場が凍り付いた。耀天のこめかみがピクリと動き、額に皺が刻まれる。朱清と高蕾が瞬時に目を見合わせ、怒りで身を震わす耀天を素月から急いで引き離す。

「ちょっと、耀天抑えて」

「何なんだ、この女は！」

「方士様よっ。口と態度は悪いらしいんだけど、腕はいいって評判なんだからっ」

「色々と悪すぎだろ、この女」

「失礼な方ですねぇ。仕事はちゃんとしますのでご安心下さい。大体わたしをなじるのは、仕事の成果を見てからで良いでしょうに。せっかちな男は嫌われますよ」

不敵な表情で、ふてぶてしいまでの微笑を口端に浮かべた素月。対して耀天は、口元を引きつらせて朱清たちの手を振りほどいた。

「いい度胸してるな、おまえ」

「お誉めいただき光栄です」

「いらつくな」

「よく言われます」

　耀天と素月の視線が真っ向からぶつかり合う。笑みを崩さない素月に耀天は舌打ちすると、苛立たしげに指を突き付けた。

「なら、お手並み拝見といこうか。言っておくが、詐欺まがいなことしたらその場でしょっ引くからな」

「ご自由にどうぞ」

　しょっ引く、とは役所に連れていかれるということだろうか。まあなんでもいいか、と素月は右から左へ聞き流すと、まだ何か言いたげな耀天に背を向けた。

「では、仕事に移りましょうか」

　素月はそう言うと、家の中をぐるりと見回した。

　今回の依頼は、家鳴りの原因を調べてほしいというものだ。

　一年前。目の前にいる若夫婦は、親戚の紹介でこの屋敷を購入した。しかし最近になって家鳴りがするというので、素月の元にやってきたのだ。

「先日お会いした時と比べて、明らかに状況が変化したことはありますか」

「いえ、状況は変わっていないです。不規則に突然起こるので」

「そうですか。では先日お話しした通り、家の中を調べさせてもらいます。わたしが何をしても、決して止めないで下さいね」

素月は静閑な眼差しを彼らに向けた。夫婦二人が素直に頷く傍ら、耀天は両腕を組んで素月を見つめていた。素月の動きを逐一見張るように。邪魔はされていないが不快である。

素月は彼らに背中を向け、困ったように嘆息した。

常々いるのだ。素月の能力が真か嘘か、疑いの目を始終向けてくる者たちが。彼らに見えていない時点で、素月の能力を測ることはできないというのに。

仕事を終わらせて早く帰るかと、素月は気を集中させた。この家の門を潜った時から妙な気配は感じている。

外の雨音が、やけに大きく聞こえる。家鳴りの原因があるとすればそれだ。家の中が静まりかえっているからか。

いや――見えない何かが、この家を支配しているようだ。それに、あちら側の匂いが混じった嫌な冷気を感じる。特有の空気がどこからか流れてきている。

(どこかにいるんだけど)

素月は屋敷の中をくまなく歩く。いつも思うが、かくれんぼのようだと思う。見える時は見えるが、見えなければ素月が探し出すしかない。闇に紛れた影を、この手で引っ摑むように。

戸棚の扉など、全ての扉を開け放ちながら素月は進む。

　ふと、中庭に面している廊下で素月は足を止めた。外はいつの間にか激しい雨だ。真白の膜を作り出すほどに降り方が凄(すさ)まじい。庭に咲く金木犀が、雨風によって地面に散らされている。橙色(だいだいいろ)の花びらが絨毯(じゅうたん)を成しているようだ。この雨がなければ、人の目をもうしばらく楽しませてくれただろうに。そんなことを思っていると、何かが蠢(うごめ)いた気配がした。素月は灰色の目を凝らす。

――何か、いる。

　その途端、突風が吹き抜けた。熱を一瞬で奪い去るような異様に冷たい風だ。素月の前髪を攫(さら)い、大きな雨粒が顔を打つ。素月はあるものを見つけて目を光らせた。

「見つけた」

　素月は口端を持ち上げると、傘もささず、靴も履かずに中庭へと飛び降りた。泥が跳ねて裾に飛び散るが構わない。皆が、素月の行動にぎょっと目を瞠(みは)る。

　耀天が咎(とが)めるように声を張り上げたが、素月は素知らぬ顔のまま突き進む。

　素月の視線の先にいるのは儚(はかな)い影だ。今にも消えてしまいそうな、女の形をした影。金木犀の木に寄り添うようにして、一人、ぽつりとただずんでいる。

　泥に塗(まみ)れた足で、素月は影の前に立った。そして影の輪郭に向かって手を伸ばす。

「どうして、そこにいるのですか」

　影は何も答えない。

「ここに、何かあるのですか」

だが次の瞬間、素月の視界がぐらついた。地面が大きく揺れ出したのだ。屋敷が悲鳴をあげるように大きく軋み、屋敷の中にいた高蕾は朱清にしがみつく。

「一体何が起こっているんだ！」

耀天は目を尖らせ、高蕾と朱清を外へと押し出した。少しは機転が利くらしい。

「それを今から暴くんですよ」

地響きは止まない。金木犀の木も軋み、ぐらぐらと大きく揺れる。立っているのもやっとで、高蕾はぬかるむ地面に膝を突いてしまっている。

一人、見えている素月は簪の一つを抜き取った。この簪は特注品で、中に鉄製の針を仕込んでいる。針を抜き取ると、その先端を指の腹に軽く突き立てた。じわり、と血が滲みだす。

「一体何を――」

「いいから黙っててください」

素月は耀天には目もくれずに、もう一度女の影に触れる。今度は血に濡れた指で。

次の瞬間、女の影から、骨の髄まで凍らすような冷気が放出された。素月は激しく身震いしながらも、そこから離れなかった。靄が晴れていくように、目の前の影が、色を、姿を取り戻していく。

そこにいたのは、白い肌に赤い唇が印象的な美しい女だった。女は静かに素月を見つめている。——幽鬼だ。あの世に行くことができず、この世を彷徨(さまよ)う悲しい存在。

素月の灰色の眼(め)はいつの間にか灰青色へと変化し、幽鬼を映している。

「ここに、何かあるのですか」

地響きが止み、素月はもう一度尋ねた。女は頷いた、とても悲しげに。雨が涙の様に見える。

素月は女から視線を外して耀天たちを振り返った。

「あのー、鍬(くわ)などありませんか？」

「あっ、あります！」

呆然(ぼうぜん)としていた朱清と高蕾は、急いで納屋から鍬を二本持ってくる。

素月は鍬を受け取ると、女の足元に突き立てて地面を掘り起こしていく。

「ここに何かあるのか」

残りの鍬を手にした耀天も素月の横に並び、彼女に倣って地面を掘り始める。掘ってほしいなどと、ひと言も発していないのに。

この男、先程も思ったが意外と察しが良いのか。態度がでかくて口が悪い、鼻持ちならない男かと思っていたのだが。

「それを確かめるために掘っているんですよ」

雨を含んだ土が重い。額に汗がじわりと滲んでは、雨に流されていく。素月と耀天は黙々と掘り進めていった。金木犀の甘い香りに混じり、次第になんとも言えない悪臭が鼻をつき始める。これは、生物が腐敗した臭いだ。今まで幾度と嗅いできたから分かる。

しばらくして鍬の先に何かが当たった。素月は鍬を置くと、そこにある何かを掴む。

「……どういうことだ」

耀天の表情に陰りが落ちた。

素月が掴んだのは、腐敗して一部が白骨化した腕だ。

側で恐々と見守っていた高蕾は気を失いかけ、朱清に支えられている。

「どういうことと言われましても。見たまんま、遺体ですよね」

掘り返された遺体は、半分ほどが骨と化していた。

遺体の腕を持ち上げてみれば、何かがするりと抜け落ちた。どうやら腕輪のようだ。

ふむ、と素月は腕輪を拾い上げ、幽鬼の女に掲げてみせた。

「この遺体はあなたですか。そして、これはあなたの持ち物ですか？」

素月が目の前にいる女に問いかければ、彼女はまた頷いた。

（この夫婦が家を購入したのは一年前だったっけ）

素月は彼女を視界に入れたまま考える。ということは、彼女が遺体となってから最低一年は経過しているわけか。詳細な会話はできなくとも、せめて名前くらい分かれば助かるのだが。

「あなたのお名前は」

女は小さく口を動かすが、声は何も聞こえない。素月は困ったように嘆息した。

「おい、おまえは誰に向かって話しかけてるんだ」

誰もいない場所に向かって喋りかける素月に、耀天は訝しげに尋ねた。

「この遺体の幽鬼にですよ」

「幽鬼？　まさか、本当に見えているのか」

「ええ。まだ若い、女の方ですね。ここにご自身の遺体があると教えてくれました」

耀天は素月をまじまじと眺める。信じられないものを見るように。幽鬼が見える――これは、ある時を境に発現した素月の能力だ。

「見えるからこそ、わたしは方士なんです。幽鬼を祓うための」

「祓う？」

「成仏してもらうってことです。幽鬼とは何かへの未練のため、肉体を失ってなお、この世に留まる者たち。時に、この家のように家鳴りを起こしたり、誰かに取り憑いたりと、今生きているわたしたちに訴えかけます。中には度を越して、人間に危害を加える幽鬼もいます。ですから、基本的には未練を取り除いてあの世に逝ってもらうんですよ」

「おまえがさっき、自分の血を出した理由は？」

「聯繋（れんけい）――幽鬼を、わたしの血を媒介にしてこの世に繋（つな）ぐためです。幽鬼によっては、人の姿を維持しているものもいれば、この幽鬼のように影のような、靄のような存在になっている者もいます。繋ぐことができれば、僅かながらの時間ですが生前の姿を取り戻します。姿形がはっきりするだけでも、大きな手掛かりになりますからね」

「本当に見えるなら、会話はできないのか」

「幽鬼によりけりです。わたしの経験則ですが、死んで時が経過した幽鬼は困難なことが多いですね。あと、家鳴りのように現世に影響を及ぼす力を使う場合も。力を使う代償に自我を失うといいますか。彼らは短い言葉を発するくらいか、こちらの質問に頷いたり首を横に振ったりできる程度だったり。たいてい、無言のままこちらをじっと見つめるだけです。何かを訴えかけるように」

素月は女の幽鬼を振り返った。彼女もまた、口を閉ざしてこちらを眺めていた。

そして彼女の姿形がぼやけ、影のような靄となる。

（聞けるのはここまでか）

彼女はまだ成仏できていない。遺体の側から離れられない。なら、彼女がこうなってしまった原因を明らかにするしかない。

幸いにもこの腕輪が手掛かりだ。彼女の持ち物なのであれば、いざとなれば切り札となる。腕輪に付着した土を激しい雨が洗い流し、いつの間にか透き通った藍玉（あいだま）が露（あら）わになっていた。

「おまえはこれからどうするんだ」

「どうするって、仕事を続けますよ。まだ家鳴りの原因を見つけただけです。彼女が成仏するまでがわたしの仕事なんで、彼女を埋めた人物を突き止めないと。そうすれば、家鳴りも止むと思うので」

するとは激しい雨の中、耀天が鋤を地面に突き立てた。そして素月を見下ろす。

「おまえを疑ったことは悪かった。謝る。だがここから先は、俺の仕事だ」

「は？」

素月は雨の中、首を傾げた。

「これはもう変死事件だ。ここから先は責任をもって引き継ぐ。俺は捕吏だ」

捕吏——犯罪者たちを捕まえる役人。素月も仕事柄、何度かお目にかかったことはある、——が。

素月はにこりと笑って断った。

「寝言は寝てから言ってください。それに謝罪もいりません。これは、わたしが請け負った仕事なんでね。どうしてあなたに奪われなければいけないんですか。朱清様、この野郎を追い返して下さい。本当に邪魔なんで」

「えぇ!?」

耀天は頬を引きつらせた。

「良い度胸だ、てめぇ……。おい朱清、俺とこいつ、どっちを選ぶんだ」

「ちょっと、僕を巻き込まないでよ！」

「これはわたしの仕事なんですってば。いいですか、わたしが彼女を見つけたんです。だからわたしが調べるのが道理なんですよ。勝手に人の仕事を掻っ湲うなんて、捕吏どころか泥棒じゃないですか。いいんですかねぇ、そんなので」

「いいか、この減らず口。良く聞けよ。死体が発見された時点で、もう事件なんだ。事件となれば、役人が動いて捜査する。常識のない頭だろうが少しは理解しろ」

「あら。泥棒から道理を説かれる筋合いは、これっぽっちもないんですけどね」

二人の間に見えない火花が再び散る。

「……あの。とりあえず、一旦中に入りませんか。色々と頭がいっぱいで、少し中で落ち着きたいです」

やり取りをぼんやりと眺めていた高蕾が、青白い顔で呟いた。

遺体に布をかけ、一旦家の中に戻ってきた素月たち。皆、雨でずぶ濡れだ。高蕾が着替えを貸してくれ、着替えた素月は居間で髪を拭いていた。耀天も着替えたようで、両腕を組んで椅子に腰かけている。家の中に戻ってきてからというもの、素月と耀天は会話をするどころか目も合わせていない。ある程度髪を拭き終えると、素月は気になっていたことを切り出した。

「朱清様。あなたは屋敷の売り主にお会いしたことはありますか」

「実は、その件で思い出したことがありまして」

「聞かせて下さい」

朱清と高蓄は目を見合わせて頷いた。

「俺たちがこの屋敷を買ったのは、親戚の勧めで」

「ご親戚が売り主ですか？」

「いえ、売り主は親戚の知人です。その、一緒に暮らしていた奥さんが情夫を作って、出ていってしまったと。一年待っても戻らなかったため、離縁して、今は新しい女性と暮らしているそうです。この屋敷に住んでいると出ていった奥さんを思い出すようで、家を手放したいとぼやいていたそうで……。まさかあのご遺体は、ここを出ていったという奥さんなんですかね……」

「さぁ、それは調べないと分かりませんね。にしても、夫婦仲が拗れたような屋敷をよく買う気になれましたね。安かったんですか？」

するど、だんまりを決め込んでいた耀天が、ぴくりと眉を動かした。

「おい、おまえは本当に一言余計だな。黙って人の話は聞けねえのか。おまえのその無神経さ、称賛に値するな」

「あら、それは申し訳ありません。わたし、思っていることがそのまま口から出てしまう癖がありまして」

「人には事情ってもんがあんだよ」

「事情と言われましても、わたしは赤の他人なんで分からないですよ。ちゃんと説明してもらわないと。それにわたしは、どうにも空気が読めない人間らしいので」

素月が堂々と胸を張れば、耀天はげっそりした表情で盛大なため息をついた。

「威張るなよ」

「もういっそのこと誇れと、師匠に言われております」

「どんな師匠だ、もういい。――おい、朱清。言っていいのか？」

「いや、僕からちゃんと説明するよ」

朱清は高蕾と顔を見合わせて頷くと、説明しだした。二人は支え合うように、互いの手を取り合っている。

「実は僕たち、駆け落ち……というか、勘当されたようなものでして」

「駆け落ちですか」

「僕たちの両親は、二人とも官吏なんです。方士様はご存じないと思いますが、宮廷内では派閥がありまして、その関係で昔から朱家と高家は折り合いが悪く……。時間をかけて説得を試みましたが、両家の親からは許しを得られず。どうしても結婚するなら家を捨てろと言われまして……。なので、僕たちは勘当されたも同然なんです。でも、僕らは商売をしているため都を離れることはできず」

「つまり、親の援助は一切受けられない。仕事のため都を離れられない。でも、都の屋敷となるとそれなりのお値段がする。それで格安の家を探していたと？」

「その通りです。唯一味方をしてくれていた親戚が、この家を紹介してくれて」

「そしたら訳あり物件だったと」

「……そうなりますね」

朱清と高蕾はほとほと疲れたように両肩を落とした。

「なら、やはり売り主に会って確かめるより他ないですね。その方のお名前は分かりますか？　あと、出ていったという奥さんの名前は聞いてませんか」

「売り主は韋峻（いしゅん）という方で、確か今は隣町に住んでいらっしゃいます。でも、奥さんの名前は知らないな」

「確か、莫明林（ばくめいりん）さんよ。ご近所の奥様方から、噂話（うわさばなし）で聞いたことがあります」

「分かりました。なら、今から売り主の方を訪ねてみます」

「は!?」

素月の言葉に、その場にいる耀天たちは驚きの声を上げた。

「おまえ、本当に馬鹿だろ」

「そうですよっ！　夜分に、それも女性が一人でなんて危ないですって」

「二人の言う通りです。方士様、もう日は暮れているんです。雨も降っていて危ないです。今日はもう、我が家に泊まって下さい。ちゃんとお食事も準備しますから」

「でも、気になって仕方がないですし。幽鬼もあの場から動けずに可哀相なので。それにもたもたしてたら、この人がわたしの仕事を掻っ攫いそうで、そうなったらすごく不快なんですよねぇ」

素月は耀天を一瞥した。すると、彼の眉間に刻まれている皺がさらに深くなる。

「おまえは、そこまでして俺に事件を引き渡したくないのか」

「解決してからならもちろん良いですよ」

「遅いに決まってんだろ！　大体、今からでも亭に報告しに行きたいところだ」

亭とは、捕吏たち役人が集まる役所である。

「え、駄目ですよ」

「駄目じゃない、当たり前の行動だ」

「じゃあわたし、今から出ます」

「だからおまえなぁ……！」

耀天はまだ湿っている髪をくしゃくしゃと乱すと、じとりと素月を睨んだ。

「──明日だ」

「え?」

「明朝、仲間をここに呼ぶ。どうせ検屍官を呼ぶにも明日になるからな。俺とおまえは仲間と入れ替わりで、隣町へ向かう」

「どうしてあなたが一緒に来るんですか」

意味が分からないと素月は首を傾げた。

「譲歩だろうが。少しは察しろよ、おまえは!」

「えぇー。ものすごく嫌なんですけど」

「そりゃこっちの台詞だ」

なんで相性の悪い男と一緒に行動しなければならないのだ。

(でも、外は相変わらず雨が降ってるし、いつの間にか辺りはだいぶ暗くなってる。傘を差して灯まで持って歩くのは、確かに面倒かな)

仕方がないか、と素月はため息をついた。

「なら、それで手を打ってあげますか」

「おまえ、本当に憎たらしいな」

「可愛さ余って憎さが百倍というやつですね」

「憎さ余って可愛さ皆無の間違いだ」

相性の悪い素月と耀天の扱いに慣れてきた朱清と高蓄は、二人のことはさて置いて、夕飯の支度をするべく居間を後にした。

＊＊＊

そしてその翌日。

「——え。耀天の旦那、先に行っちまったのかよ。ずるいぜ」

朝日が昇り終えた頃。耀天からの連絡を受け、二人の捕吏が朱清の屋敷を訪れていた。

遺体の側にしゃがみ込んで呟くのは、雷文と呼ばれる小柄な少年である。夜更けまで降っていた雨は止み、地面にはいくつもの水溜まりができている。

「雷文くん。僕たちには僕たちの仕事がありますからね」

そんな彼を窘めるのは、眼鏡をかけ、穏やかな面持ちをした郭白淵だ。

「でも水藍の姉御、素直に来てくれますかねえ。朝一にあの人起こすと、機嫌悪くないっすか。しかもこの仏さん、可哀相だけど検屍不能でしょ」

掘り返された遺体を見下ろし、雷文は両手を合わせた。水藍とは、都に住む検屍官の一人であり、耀天たち捕吏と日頃から関わりのある女性だ。

「寝起きはそうかもしれませんが、遺体と向き合えば仕事熱心な方ですよ。それに麗雪さんが迎えに行ってますから、僕らよりかは幾分機嫌は良いでしょう」

「ま、確かに」

麗雪は、水藍を迎えに行った捕吏の一人である。

「彼女たちが来たら、俺らはどうします？」

「現場は彼女たちに任せて、僕は近隣を回りましょうか。韋峻の前妻について調べておいた方が良いでしょう。まだ、ご遺体が彼女と決まったわけではありませんが」

「かなりの確率で彼女でしょ」

「勘ですけどね。幸いご遺体と一緒にあった腕輪を、耀天くんが描き残してくれてますから、何かしらの手掛かりにはなるでしょう。それで君は、耀天くんのところへ向かいたいのでしょう？」

「え、いいんすか」

「遺体を発見したという方士、気になりますしね」

「そうなんすよ。俺らからすれば、胡散臭い（うさんくさ）ただの詐欺師と変わらないっすからね」

目を鋭く光らせる雷文に、白淵も同意するように笑みを深めた。

「――へぇえぇっくしょん！」

盛大にくしゃみをして洟（はな）を啜（すす）る素月に、耀天は眉を顰（ひそ）めた。

二人は太陽が昇り始めた頃、早々に朱清の屋敷を出発し、韋峻の屋敷へ向かっていた。隣町といえど馬車で一刻はかかる。確かに、昨日のうちに無理して出発しなくて良かったかもしれない。

「汚いな」

「わたしが有能だからって、誰かが妬んで噂をしてるんですよ。いやぁ、困ったものです」

「おまえ、うざいって言われないか」

「他人の言うことは気にしませんので」

「少しは気にしろ。そのうち後ろから刺されるぞ」

「その時は幽鬼になって祟りますから大丈夫ですよ。むだ死になんて御免ですからねぇ、わたしは」

素月は鼻を擦りながら、晴れ晴れとした青空を窓から見上げた。夜更けまで降っていた激しい雨が嘘のようだ。

それにしても、と素月は耀天をちらりと見遣る。この男、人を使うことに慣れている。朝早くに馬車を用意するわ、自分の着替えを持ってこさせるわ、思っている以上に身分が高そうだ。彼の友人という朱清と高蓄も良いところの家柄の出のようだし、腰に下げている玉佩は翡翠でできており、庶民が買える代物ではない。

「おい、一つ聞いていいか」

横に座る耀天は視線を前に向けたまま、素月に話しかけた。

「はぁ、なんでしょうか」

「そんじょそこらに、幽鬼ってのはいるのか」

「そんじょそこら、という定義がわたしには分かりませんが。たいてい、不可解な現象が起こっている場所には多いですかね。今回の家鳴りもそうですし、誰も存在しない場所で奇妙な音がしたり、人が別人のような行動をとったり。ま、多岐に亘りますね」

「生まれつきなのか、その能力は」

「一つだけですよね、質問は。――あ、馬車が止まりましたよ。ここですね、例のお宅は」

素月は耀天の問いをかわすと、我先にと馬車から飛び降りた。

「おい、勝手に行動するな！」

耀天も急いで馬車から降りると、素月の後を追う。

「ごめんくださーい」

「だからおまえは黙ってろっ」

「煩いですよ。近所迷惑って言葉、知らないんですか？」

「誰のせいだと思ってんだ」

すると、屋敷の扉がこちらを窺うようにゆっくりと開いた。

「あの……。どちら様でしょうか？」

顔を覗かせたのは、箒を手にした目元の涼しげな女性だ。口元の黒子が色っぽい。耀天は素月の後襟を掴み、強引に引き下がらせる。

「この屋敷に韋峻という者はいるか」

「韋峻はわたしの夫ですけど。あの、何か？」

「彼と話がしたい。とある事件のことで。今、中にいるか」

「いますけど、あなた方は？」

「俺が捕吏、こっちは……関係者だ。彼に聞きたいことがあるんだ。案内してくれ」

女は訝しげな目をしながらも頷くと、二人を屋敷の中へと案内した。

関係者じゃなくて方士なんですけど、と心中で素月は付け加える。

「ねえ、あなた。お客さんがいらっしゃったわ」

「お客さんかい？」

韋峻は朝餉を終え、椅子に座って茶を飲んでいるところであった。年齢は三十手前といったところか。体の線が細く、声色は穏やかで静かだ。耀天は一礼してから口を開く。

「朝早くから申し訳ない」

「いえ。あの、一体どちら様で」

「俺は捕吏でして。あなたが以前所有していた屋敷のことで、伺いました」

茶杯を持っている韋峻の手が僅かに揺れ、茶の水面が波打った。耀天はそれを視界に入れながら、気づかぬふりをして話を続ける。

「実は、女性の遺体が発見されましてね」

「遺体、ですか」

「ええ。死後、数年経過しているとみています。半分程が骨と化していますので、身元を特定するべく動いています。失礼ですが、あなたの前妻が情夫を作って家を出たというのは、いつ頃でしょうか」

「た、確か、二年程前だったと」

「その情夫に心当たりは？」

「いえ……、わたしにはわかりません。明林が、心変わりをしたから家を出ていくという、書き置きを残していきましたので……」

「書き置きですか」

「はい」

「では、これに見覚えは？」

耀天は素月に、例の腕輪を出せと目で指示した。

「偉そうに指示しないでくださいよねぇ。言っておきますけど、わたしが見つけたんですからね」

素月は渋々、昨日拾い上げた腕輪を韋峻の目の前に突き付ける。

耀天は、韋峻に揺さぶりをかけるために持ってくることを許したが、素月には別の目的がある。果たして、その行動を取るか取らないかは、まだ分からないが。

一方腕輪を突き付けられた韋峻といえば、黒目をうろうろと動かしていた。

「これは、遺体と共にあったものです。今、この腕輪の絵を手掛かりに、俺の仲間が前妻のご実家や、知人関係を当たっているはずです。……さて、見覚えは？」

耀天の目が鋭く細められた。静かに獲物を狙い定める狼のように。空気が緊張で震える。

韋峻は片手で頬を掻きながら、言葉を喉で詰まらせている。

（これは簡単に事情が分かりそうだ）

そう思った時、傍に控えていた韋峻の妻が、彼の肩にそっと手を置いた。そして、赤い唇を彼の耳元に近づけて囁く。

「ねぇ、あなた。どうして黙っているの？　腕輪に見覚えがあるのか、それともないのか。それを聞きたいだけよ、この方々は。さぁ、答えて？」

「桂花」

韋峻は桂花を見上げると、落ち着きを取り戻したように大きく頷いた。

「わたしは、知りません」

「だそうですわ。他にまだ、お話がありまして？　主人はこれから仕事がございますの。私塾を開いておりますので、もうこの辺りでよろしいでしょうか？　まだ他にお話がありましたら、日にちを改めて頂きたいのですが」

にこりと笑みを浮かべてみせる桂花に、耀天は冷めた眼差しを向ける。

（とんだ女狐だね）

獲物を追い詰めるような耀天の視線を前にして、たじろぐどころか、笑みを浮かべて対峙するとは。おそらく、彼女も何かを隠している。

遺体は数年経過している。身元を特定できたとしても犯人の自白がない限り、誰が殺したのか立証するのは難しいだろう。勿論耀天たちがある程度調べるのだろうが、果たしてこの男が素直に吐くだろうか。そして、この女も。

（ここでわたしが身を引いてしまえば、事件は彼に持っていかれてしまう）

それは困る。これはわたしの仕事だ。ならばと、素月は昨日と同じように簪を一本抜き取った。

「おい。おまえ、何してんだ」

「仕事は早く終わらせるのに限るんですよ。なので、ちょっと強引にいきましょうかね」

素月は笑った。底が知れない薄暗い笑みだ。簪から針を抜き、その先端を指の腹に突き立てる。滲み出る血を腕輪に擦りつけ、それを桂花の腕に無理やり嵌めた。

「ちょっと、何するんですか」

「少しの間だけ身に着けててください。わたしがやってもいいですけど、わたしが嘘をついてると思われても困るので」

そして、素月は桂花の目の前に両手をかざした。あちらとこちらを繋ぐため、気を集中させる。

「さぁ、おいでませ。今ひと時、この現世に。――莫明林」

素月の言葉を合図に、木窓がカタカタと揺れた。次は足元だ。朱清の屋敷で感じたような激しい揺れではない。しかし、ゆっくりと静かに横に揺れて床が軋む。そして明るかった室内が光を失い、薄暗い闇に包まれる。

気味の悪い冷気が、室内の全てを侵食するように足元から這い上がってくる。

素月はかざした両手をぐっと握りしめた。

揺れがピタリと止まったのと同時に、桂花の目から光が消えてぐらりと体が傾く。咄嗟に耀天が支えようとしたが、直前で、桂花は自らの足で踏みとどまった。そして「あぁ……」と感嘆するような声を洩らした。

素月は青みを帯びた目で彼女の顔を覗き込む。

「あなたのお名前は？」

耀天と韋峻が驚きに目を瞠る。信じられないものを見るかのように。

「莫、明林」

「なんだ、これは」

「降鬼といって、幽鬼を生きている人間に憑依させます。幽鬼の名と、幽鬼と所縁のある物、そして術者の血が必要になります。もうこの際、ご本人に聞いた方が早いでしょう？」

素月は微笑みながら説明する。いっそ、楽しむかのように。

「方士様……。あなたに、感謝します。このような場を用意して下さるなんて」

「いいえ。仕事ですからお気になさらず」

素月は片手を振ると、言葉を続ける。

「ただし、あなたをその体に憑依させられる時間は短いです。なので単刀直入に聞きます。あなたをあんな目に遭わせたのは、一体どこの誰なんでしょうねぇ」

素月は意地の悪い目を、青白い顔をして震えている韋峻に向けた。

桂花――いや。桂花に取り憑いた明林は、無表情のまま、指を韋峻に突き付ける。

「……この夫です。間違いなく」

韋峻は息を呑んだ。

「そんな……嘘だ。なんだ、これは」

「嘘を言わないで」

部屋を覆う闇が、ゆらりと揺れる。

「あの日は、そう……。わたしは気分が悪くて、買い物を止めて家に引き返した日。あなたはわたしの友人だったこの女——桂花と、昼間から睦み合っていたわね」

素月は目を瞬かせた。この桂花という女、明林と友人だったとは。そして友人の旦那に手を出すとは中々良い性格をしている。

明林は激しい憎悪と怒りを滲ませて韋峻を睨む。

「わたしとあなたは口論になった。桂花は裸のまま静かに見ていた。そう、とても冷めた目でわたしを……！　わたしが桂花の頬を叩いたら、この女はわざとらしく泣いた。そして、あなたに縋った。そんなあなたは、傍にあった花瓶でわたしを——！」

明林は座ったまま動けずにいる韋峻の首に手を伸ばした。彼の喉仏に、手入れされた長い爪を食い込ませる。韋峻の顔から一気に血の気が引いた。

「わ、悪かったっ。本当に！　あれは、君の物言いに、ついカッとなって咄嗟に……！」

「それでわたしを埋めたの？　わたしに姦婦という汚名を着せて？　桂花とわたしは幼馴染み。わたしが彼女に宛てた文を真似て、まさか書き置きまで偽造するなんてっ」

「それは、桂花が考えたんだ！　それで一年待てば、周囲の目は誤魔化せると……。そしたら、堂々と一緒になれるって……」

「いつからなのよ！　どうして、桂花と……」

明林は、彼の喉仏を両手で押さえつけながら悲しげに問いかけた。

「君との間に子ができずに、ぎくしゃくしていた頃。その、彼女が相談に乗ってくれて、それからずっと……。すまない、本当にすまない。どうかしてたんだ、わたしは」

明林は何かを言いかけ、押し黙った。彼女の震える手を視界の端に捉えながら、素月は明林へ問いかけた。

「で、明林さん。どうします？　この人はもう自白しているので、このまま捕縛されるでしょう。でも、もしあなたが望むのならば――」

灰青色の目が細められる。

「このまま、喉を絞めて殺しますか？　それとも刺し殺したいのなら、わたしの簪をお貸ししますけど」

甘い蜜のような、けれども一度口にしてしまえば、真っ暗い闇に呑まれそうな素月の問い。明林の目が大きく揺らいだ。

「おい、何を言ってるんだ！」

黙ってやり取りを見ていた耀天が声を荒らげる。彼は簪を握る素月の手首を、強い力で掴み上げた。

「あの、痛いんですけど」

「おまえ、自分が何言ってるか分かってんだろうな」

「もちろんですよ。自分が殺されたのなら、相手を同じ目に遭わせてもいいじゃないですか。罪を償うこともなく、のうのうと生きているんですから。それに今、彼女がこの男を殺したとしても、罪に問われるのは桂花さんです。彼女にも一矢を報いることができるんですよ？」

素月は首を傾げ、心底不思議そうに耀天の目を見返した。

そもそも自分は人間が嫌いだ。幽鬼の大半は、身勝手な人間による犠牲者だ。幽鬼の無念を晴らし、身勝手な人間に報いを受けさせるために、方士を続けている。

「おまえ、まさか初めからこれを狙って――」

「被害者は彼女なんですから、選ぶのも彼女です。それのどこがいけないんですかね」

明林は肩で息をしながら、震えて動けずにいる韋峻を見下ろしている。

迷っているのだろうか。それとも、彼女の脳裏に何かが過っているのだろうか。例えば、生前に彼と過ごした記憶などが。

明林と韋峻の結婚生活が、明林と桂花の友人関係が、どのようなものであったのかなど素月は知らない。興味がない。ただ、一人の男が一人の女を殺した。彼らの間にどのような理由があったにしろ、素月にとってそれだけが事実だ。

「術を解け！」

「ですから、あなたに命令される謂われはないんですってば」

素気無くはね除ける素月に、彼は目尻を吊り上げて舌打ちすると、明林の方へ大きく足を進めた。そして韋峻から明林を引き離そうと手を伸ばしたが。

「——来ないでください」

明林の口から大量の冷気が吐き出された。片腕を伸ばしたまま耀天の動きが止まる。

「……なんだ、これは」

「金縛りってやつですよ」

やれやれと首を振って耀天に説明する。

「幽鬼の吐息を吸い込んだ人間は動きを奪われるんです。何せ、あちら側の空気に晒されるんですから。耐性のない人間は仕方がありません」

「耐性？」

「そこまで説明する時間はないです。さて、明林さん。どうなさいますか？　あなたを留めておける時間は、もうそんなにありません」

明林の表情が苦悩に歪む。眉根を寄せ、ギリ、と歯を食いしばる。何かと葛藤するように。そして目を瞑り、再び目を開けた明林は——。

「もう、これでいいです」

韋峻の喉から手を離した。怯えながらも、どこか安堵した顔の韋峻。しかし、次の瞬間。

乾いた音が空間に鳴り響いた。明林が、韋峻の片頬を力いっぱい叩いたのだ。

「これは、わたしの命を奪った罪」

呆然とする韋峻に、再び彼女は手を振り上げて彼の頬を叩く。

「これは、わたしを冒瀆した罪」

韋峻が犯した罪を突きつけるために。

「これは――」

さらに手を振り上げた明林だったが、その声は震えていた。そして言葉に詰まった。彼女の目から涙が零れ落ちる。明林は唇を噛んで、振り上げた手で拳を強く握った。韋峻の胸に、拳を一直線に振り落とす。

「この世に、生まれるはずだった小さな命を……！　奪った、罪！」

声を振り絞るようにして叫ぶと、彼女は力を失ったように、嗚咽を漏らしながら膝を折った。

素月は首を傾げる。

（小さな命。もしかして、彼女は――）

身籠もっていたのか。なのに、故意でなかったとはいえ夫に殺された。だとすれば、本当に人間は馬鹿な生き物だ。

「明林……。今の言葉は……」

「もういい。もう、これで終わるの。あなたは殺さない。桂花も共に捕まるのなら、それでいい。わたしは、あなたたちと同じ場所には、絶対に堕ちないわ」

韋峻を見向きもせず、明林は静かに、凛として告げた。彼に引導を渡す様に。そしてそれは、素月に対しての答えでもあった。

「なら、もう良いのですね」

「正当な裁きが下ることを、願っています」

それが末期の言葉になった。素月は頷き、明林の腕輪を外す。彼女を弔うために。

淡く白い光が彼女の体から溢れ出し、一筋の光となって天へと昇っていく。迷うことなく真っすぐに。

逝ったのだ、明林は。

明林が抜けた桂花の体は、糸が切れた傀儡のように床に倒れた。

いつの間にか部屋を覆っていた闇は去り、日の光が差し込んでいた。

韋峻と桂花の二人は耀天によって捕縛された。呆然と宙を見つめている韋峻の目には生気がなく、聞き取れない程の小声で何かを呟いている。仮に謝罪の言葉であるならば、あの世に逝って直接明林へ告げて欲しいものだ。

一方の桂花は意識を取り戻した後、自身が捕縛されていることに驚いて非難の声をあげた。耀天が韋峻の自白を告げると、彼女は顔を強張らせ、そこから何一つ会話をしようとしない。今は口を噤んでいるが、これからの尋問の日々を思うと、果たしてどこまで沈黙を貫けるのか。三人の関係性も興味深いが、素月の仕事は家鳴りを解決することだ。根本的な原因が解決されたのであれば、もうこの場に用はない。この二人は耀天がどうにかするだろう。それが彼の務めなのだから。

あとは朱清の屋敷へ戻って事の顛末を説明し、報酬をもらって今回の仕事は終了。

すると、馬の嘶きが外から聞こえたかと思ったら、「御免くださーい」と軽やかな男の声が聞こえてきた。

「雷文、来てくれ！」

耀天が入り口の方へ声をかける。

「お邪魔するぜ……って。これは一体どういう状況なんすか、旦那」

入ってきたのは、髪を一つに括った快闊そうな少年だ。

「亭に連れていく。手を貸せ」

「え、てことは？」

「埋められていた遺体は韋峻の前妻だった。こいつが殺して、その女も共犯だ」

「何すかそれ。俺、なんの出番もないじゃないですか」

雷文は頭の後ろで両手を組んで唇を尖らせると、部屋の隅に控えていた素月に目を向けた。

「ねえ旦那」

「なんだ」

「もしかして、あいつが例の方士？」

「あぁ」

「場をかき乱しただけだったんじゃねえの」

すると、黙っていた素月が薄眼(うすめ)で笑った。

「躾(しつけ)のなっていない子犬はよく吠(ほ)えますねぇ」

「――あ？」

雷文の額に青筋が浮かぶ。耀天は嘆息し、素月に詰め寄ろうとする雷文を押し留めた。

「結論をいえば、こいつの能力は本物だ」

「はぁ？　旦那、何って――」

「とにかく後日話す。おまえはこの二人を亭に連れてってくれ。俺は一旦朱清の屋敷へ報告に戻る」

「なんだそれ。意味分かんねえ」

そう言いながらも、雷文は二人を連れて出ていく。すれ違いざまに素月を睨みながら。

「すまないな。部下が失礼なことを言って」

「構いませんよ。疑うことが、あなた方の仕事でしょうから。それに、もうあなた方と関わることはありませんでしょうしね」

　あっさりと答えた素月に、耀天は何か言いたげな表情で彼女をちらりと眺めた。

「何か？」

「……いや、なんでもない」

　耀天は嘆息して首を横に振ると、朱清の屋敷へ戻るべく、素月を連れて韋峻の屋敷を後にした。

　そして朱清の屋敷に戻った素月は、事件の顚末（てんまつ）を説明し、乾いた自分の服に着替えて帰ろうとしたのだが。

「どうしてついてくるんですか？」

　なぜか帰り道、耀天が一緒についてきた。おかげで報酬をもらったというのに、市場に行くことすらできなかった。仕方がなく道端で買った山査子飴（さんざしあめ）を食べているが、こんなもので空腹は満たされない。

「だからな、おまえ。時間帯を考えろって言ってんだ。日が暮れたら女一人、危ないだろうが」

「こんな火傷（やけど）女、誰も襲ってきやしませんよ。あなたも大概、お人好（ひとよ）しですよねぇ」

　素月の火傷痕を見て、近づいてくる人間なんて滅多にいない。

山道を登りながら素月はのんびりと呟いた。空は茜色に染まり、夕日が沈んでいくところだ。

「お人好しじゃない。ただ、何かあったら寝覚めが悪いだけだ」

「世間ではそれをお人好しと言うんですよ。それかモノ好きか」

「勝手に言ってろ」

幽鬼が見えると知ったら、ほとんどの人間は遠ざかっていく。極たまに例外はいるが、それだけだ。

「……おまえ、いつから方士やってんだ」

しかも結構踏み込んでくる。何度帰れと言ってもついてくるので、仕方がなく素月は問いに答える。

「いつから、と言われましてもねぇ。三年程前ですかね。師匠に一人前と言われたのは」

「生まれてからずっと幽鬼が見えているのか」

「いいえ。ある日突然、ってやつですよ。驚きですよねぇ」

素月の指先が無意識に頬をなぞる。凹凸のある火傷痕を。この火傷が素月の人生を大きく変えた。

ふと、耀天が足を止めた。そして素月の横顔を真剣な表情で見つめる。

「おまえ、言ったよな。死者の名と、その者の遺品があれば降鬼ができると」

素月も足を止め、彼の顔を振り返った。

なるほど、と理解した。彼がこんな山奥までわざわざついてきた理由。

「もしかして、誰かを降ろしてほしいのですか？」

「……できるのか」

「この世とあの世を彷徨っている人間ならば、降ろせます。でも、黄泉へ逝った者は二度と降ろせません」

「黄泉？　死者が住むという世界は、本当にあるというのか」

「黄泉は魂魄が集まる場所。あなたが降ろしたいという方は、この世に未練を残し、黄泉へ辿り着けぬ者なのですか？　お金さえ頂けるのであれば、試してみますけど」

二人の間に色なき風が吹いた。耀天は素月の灰色の目を見つめ、逡巡の上、頭を振った。

「……いや、やめておく」

「あら、残念です」

肩を竦めて素月は歩き出す。せっかく金を稼げる機会だったかもしれないのに。

この坂を上った先に素月の家がある。

(今日はゆっくり寝て、明日狩りにでも行くかなぁ)

街から遠く離れた山奥での生活は、自給自足が基本である。そんなことを考えて歩いていたら、理解し難い光景が目に飛び込んできて素月は首を傾げた。

「……家が、ない？」

崩れた土砂が素月の家を呑み込み、家は見事に崩壊していたのであった。

「おい、おまえの家ってまさか——」

耀天が驚きに口元を引きつらせている。

「どうしましょうか。まさか本当に土砂崩れにあうとは。これは困りましたねぇ」

「おまえ、呑気に言ってないでもっと焦れよ。おまえの師匠がいるんじゃないのか！」

「焦ったところでどうしようもないですよ。運よく出かけていて、命があって良かったと思うことにします。それに師匠は行方知れずなんで心配しなくとも大丈夫です」

幽鬼の気配は分かるが、生憎土砂崩れがいつ起こるかなど分かるはずもない。家でのんびり寛いでいたなら、おそらく今頃、自分は土砂に埋もれて死んでいる。

「切り替えが早すぎだろう。本当にどうすんだ」

「さぁ、どうしましょうか。……あ。確か近くに洞窟があるので、そこでしばらく寝泊まりしましょうかね。沢もありますし、なんとかなるでしょう」

「はぁ⁉」

「幸いまだ冬にはなってませんし、凍死はしませんよ。……あ、では送っていただきどうもありがとうございました」

「いやいや、ちょっと待て」

頭を下げる素月の肩を摑み、耀天は心底疲れたようにため息をつく。

「さすがにそれは無理があるだろう」

「何事も試してみれば良いかと」

「せめて街で暮らそうとは思わないのか」

「街は家賃が高いうえ、色々と煩いので嫌いなんです」

すると耀天は、顔を顰めてしばらくの間逡巡した。そして悩みぬいた末に、渋々といった様子で口を開く。というより、諦めた様子で。

「……おまえ、家事はできるか」

「できなきゃ生活してませんよ」

「なら、俺の家に仮住まいすればいい。住み処が見つかるまで。部屋は余ってる。家賃の代わりに家事をしてくれればいい」

素月は驚いたように耀天の顔を見上げた。

「今まで世話をしてくれていた下女が腰を痛めて休んでいるんだ。彼女の代わりに家事をしてくれればいい」

「本当ですか」

「あとは俺の仕事に協力しろ。おまえの能力は役に立つ」

「えっと、それは別料金でいいですか」

「要相談だ。どうする」

素月はふむ、と思案する。確かに短期間なら洞窟で暮らせるだろうが、ずっとというわけにはいかない。すぐに冬が来るし、いずれ家探しは必要だ。

(それに街で暮らす方が、師匠の情報も手に入りやすいかな)

幸いなことに彼は捕吏だ。彼の側にいれば何か情報が入ってくるかもしれない。

「分かりました。その話、乗りましょう」

互いに思惑を抱えた同居生活を始めるべく、二人は再び来た道を引き返したのであった。

第二話　真実は水の中

「素月、住み込みの仕事はうまくいってんのかい」

「なんとか住める家にはなったと思いますよ。それにしても男の人って、家のこと何もできないんですすねぇ」

　素月がいるのは、都にある銀華茶房の一室だ。茶を持ってきてくれたのは、この店の女将である邱玉春。素月にとって数少ない知人の一人で、かれこれ数年の付き合いになる。

　彼女は常に凛としていて、竹を割ったようなさっぱりとした性格だ。頼りになる姐御肌で、その上美人であるから男女を問わず人気がある。そして何より商売上手だ。

　素月は茶を受け取り、一口飲んでほっと息をつく。玉春の淹れる茶は、いつ飲んでも気持ちがほっこりする。

「何もできないっていうのは？」

「言葉の通り、何もできないんですよ。使った器は洗わずそのままでしょ、洗濯物も溜まってるし」

「ふうん。いいところの坊ちゃんかもね」

「坊ちゃんにしては、ガラが悪いような気がしますけどねぇ。目つきもこーんな感じで悪いですし」

わざとらしく目尻を指で吊り上げてみせると、玉春は声を立てて笑った。

素月が耀天の屋敷に居候することになった初日。屋敷の中を見て素月は固まった。口から出た一言は「汚い」である。いくら下女がいなくなったからといって、あんなにも汚くなるものなのだろうか。そのため素月は掃除と洗濯に追われ、ようやく部屋が片付き、まともに料理ができるようになったのは五日後、つい昨日のことだった。

「ともかく、住む場所を確保できてよかったよ」

「洞窟の方がまだ綺麗だったと思いますけどねぇ」

「洞窟はさすがにやめときな。洞窟で仕事の依頼なんて聞いたことがないよ。しばらくこの一室貸してあげるから、ここで相談を受けたらいいさ」

「ありがとうございます」

「気にすることないよ。あんたらには恩があるからね」

せっかく街に下りてきたのだからと、玉春の元を訪れて近況を話したら、彼女はものすごく衝撃を受けた顔をしていた。それはそうだろう。一夜にして住み処を失ったのだから。

そしてしばらく考え込み、住み処を提供できない代わりに、仕事場として茶房の一室を貸してくれたのだ。とはいえ、仕事はそう簡単に舞い込んではこない。

方士の仕事は大きく、祭祀、方術、治病に分けられる。方術が素月の専門なわけだが、方術もいくつかの分野に分けられる。素月が得意とする祓いの他に、未来を占う卜占や占星、錬丹術がある。卜占や占星なら客足は良いだろうが、あいにく祓いの依頼は少ない。

「ねぇ、玉春」

「ん？」

「師匠のことで、これといった噂はないでしょうか」

玉春は、師である暁陽とも知り合いだ。彼女が行方不明になったことも知っている。

「わたしも情報を集めてはいるけど、これといって何もないね」

「そうですか……。本当、どこに行ってしまったんでしょうかね」

「あの髪色だから、どこに行っても目立つと思うんだけどね」

確かに、と素月は頷いた。師は珍しい銀色の髪をしている。そして赤目だ。もしや何かの事件に巻き込まれて、既にこの世にいない可能性もある。けれど、彼女が易々と死ぬことは想像できないのだ。

すると、遠慮がちに部屋の外から声がかけられた。

「あの、玉春さん」

「なんだい」

「素月さんを、捕吏の方が訪ねて来られています。仕事だから手を貸せ、と」

その横柄な物言いは、耀天で間違いないだろう。

素月は気だるげに嘆息すると、茶を飲み干して耀天の元へと向かった。

予想した通り、茶房の入り口にいたのは耀天だった。捕吏が着用する黒い装束に身を包んでいる。軍服のように袴を穿いているのは、機能性を重視しているからだろう。

一方茶房の客である女たちは、妙に色めきだっていた。

(家のことは一切できない、目つきの悪い横柄な男のどこが良いのかな)

素月は甚だ疑問である。

「一体何のご用でしょうか」

「おまえに見てもらいたい遺体がある」

「遺体、ですか」

仕事だと言われたからには、何かしらの事件だとは思ったが。

「ふうん、あなたが例の家主さんね。なかなかいい顔してんじゃないの」

素月の後ろから顔をのぞかせた玉春は、まじまじと耀天を眺めた。

「あなたは?」

「この茶房の主さ。素月とはそれなりの付き合いがあってね。この子をよろしく頼むよ。ただ素月は周りを気にせず突っ走るから、扱いには注意した方が身のためだよ」

「初対面の時に十分分かっている」

すると玉春は面白そうに肩を震わせた。

「ならいいや。じゃあ、わたしは戻るよ。素月もちゃんと仕事してくるんだよ」

「はーい」

素月は玉春に手を振ると、耀天と共に歩き出した。

「おまえ、まともな知人がいたんだな」

「一体どういう意味ですかね。それより、遺体っていうのはどういう事件なんですか」

耀天の厭(いや)みを聞き流して素月は尋ねた。

「河で浮いている遺体が発見された」

「はぁ、それで？」

「少し妙だから、おまえに見てもらいたい。死にたてなら、幽鬼がいるかもしれないんだろ？」

「この世に留まっているなら、ですけどね」

幽鬼を呼び寄せられる前提はそこだ。ただ、妙とはどういうことなのだろう。城郭を出て少し歩けば、人々にとって生活の要である崔河(さいが)が流れている。

すると河辺に、耀天と同じ黒い装束を着た集団がいるのが見えた。彼らもこちらに気づき、特に素月を見て興味深げな視線を向けてくる。

「耀天くん、彼女が例の方士ですか」

「ああ。彼女が段素月、方士だ。それでこっちは——確か雷文には会っていたな」

雷文、と言われて素月は思い出す。韋峻の屋敷に駆けつけてきた耀天の仲間か。

「あぁ、よく吠える子犬ですね」

「子犬じゃねえ、くそ女」

うん、相変わらずよく吠える。すると、彼の横で可笑しそうに噴き出す一人の女性がいた。二重の目が大きくて、色白で可愛らしい容姿だ。

「笑うんじゃねえよ、麗雪」

「ごめんってば。でも、的を射てるなぁと思ってね」

「あぁ？」

「わたしは曹麗雪。雷文はね、慣れない人に突っかかってしまうの。ごめんなさいね」

「なんだよ麗雪！」

「こらこら、麗雪さんの言う通りですよ。気に入らない人間に噛みつく癖、いい加減やめないと大きくなれませんよ」

「白淵さん、それは禁句だよ。雷文、一番気にしてるんだから」

「あ、そうでしたね。僕は郭白淵といいます。皆、耀天くんの部下です」

顔を赤くさせ、今にも頭から湯気がでそうな雷文の頭に手を置くのは、眼鏡をかけた穏やかそうな男である。耀天の部下だというが、彼のほうが明らかに年上だろう。そんなに耀天は偉いのだろうか。

「段素月です。それで、例のご遺体はどこに？」

「今、水藍がそこで調べている」

「水藍？」

「検屍官だ」

捕吏たちの背後――河辺に膝をつき、遺体と向き合っている一人の女性がいた。

「水藍、見ても構わないか」

「構わないわよぉ。本来なら、方士と検屍官は同じ場所にいないほうが良いんだけど。でもあなたの見張りがあるしいいんじゃない？　こんにちは、方士さん。わたしは鄧水藍、よろしくね」

水藍は気だるげに素月を見上げた。ぽってりとした赤い唇は艶やかで、体つきが非常に蠱惑的だ。瑞々しい色気に満ちている。妓女、と言われたほうがしっくりくる。

「あなた、遺体を見ても大丈夫？　雷文なんて初めのころは吐きまくってねぇ」

「おい婆、余計なこと言ってんじゃねえよ」

「あら、雷文ったら。お腹、掻っ捌いてほしいのかしらね？」

婆、という言葉にぴくりと反応を示した水藍の目は笑っていない。一体歳は幾つなのだろうか。

（美人の年齢は分かりにくいんだよねぇ）

素月は水死体を見下ろした。そして軽く目を見開く。

遺体は官服を着た若い男性。てっきり普通の溺死体を想像していたのだが、心臓に短刀が突き刺さった上、首が折れて顔がおかしな方向を向いている。

「腹部は膨張してないから、殺されてから河に流された可能性が高いわね」

「なるほど」

首を折られて心臓を刺され、そして河に捨てられるとは。単なる怨恨か、それとも猟奇的な殺人か。

まぁ、素月にとって死因なんて関係ない。自分に求められている役目は、彼の魂魄がこの世に留まっているなら、それを見つけ出すこと。死者に尋ねるのが一番早い。

素月は気を集中させ、糸のように神経を周囲に張り巡らせる。だが、幽鬼の気配は一切感じない。何も見えない。

「いませんね」

素月は首を横に振って立ち上がろうとしたが、足元の川石を踏んでしまい重心を崩した。後ろへよろけ、片足が河に浸かってしまう。

「……冷たい」

素月はやってしまったと、一人呟いた。

夏は過ぎ去り、山々は所々赤く染まりつつある。水も冷たくなってきていて当然だ。

「おまえ、どんくさいな」

耀天が呆れ顔で素月に手を差し出した。

「そういう時は大丈夫か、と心配するべきだと思います」

「相手次第ではそうする」

「あらそうですか」

素月は耀天の手を取ろうとしたが、ふと感じた違和感に河を振り返った。

「おい、どうした」

素月はじっと河の水面を凝視する。

なんだろうか、この違和感は。誰かに見られているような、そんな感じがする。

気をもう一度集中させる。――いる、何かが。

素月の耳から一切の音が消える。川音も、捕吏たちの声も。

素月は耀天に背を向けて、河の中へと足を進めた。どうしてか水の冷たさも、感触も感じない。いよいよおかしい。これはあちら側の感覚だ。

すると、水面に浮かぶ何かと視線が合い、驚いて息を呑んだ。――水鬼だ。膨張した少年の顔が、水面に浮かんでいる。手で耳を塞いで。

素月の足が何かによって掬われた。素月は水飛沫をたてて尻もちをつき、何が起きたか理解する間もなく、河の中へと引きずり込まれた。素月の足には渦が蛇の様に巻きつき、ついには全身が水中へと浸かる。激しい泡が立ち、さすがに素月もまずいと感じる。

その時だった。今にも消えてしまいそうな、か細い声が聞こえた気がしたのは。

どこから、誰が。泡の向こうに誰かの影を見た気がしたが、気配はすぐに消えた。

「――しっかりしろ！」

そして、沈みかけていた素月の体は一気に浮上した。耀天の力強い手が、いつの間にか素月の腕をしっかりと摑んでいた。

河辺に引き上げられた素月は激しくむせ、必死に肺に空気を送り込む。

いつの間にか雷文たちが、心配そうに素月と耀天を取り囲んでいた。

「大丈夫か」

耀天が素月の側に膝を突き、背中を摩ってくれる。先程力強く引っ張りあげたとは思えない程、丁寧な手つきで。

「一体なんだったんだよ、今のは。こいつを……水が、呑み込んだように見えた」

雷文が呆然とした表情で呟く。

「方士、というのは本当らしいですね」

「別に、信じて頂かなくても、結構ですよ」

素月は荒い息を繰り返しながら、雷文と白淵に視線を向ける。

「おまえは一体何を見つけた」

一方、すでに素月の能力を知っている耀天は素月に尋ねた。素月はどう説明すべきか逡巡する。あれが一体なんだったのか、素月にもよく分からない。

「……目が、合いました」

「誰と」

「おそらく、水鬼です」

「水鬼？」

「水辺に棲む幽鬼のことです。海難や水難事故で、亡くなった人たちの幽鬼」

「この男だったのか」

「いいえ、彼ではありませんね。あれは、少年でしたから」

素月は思い出す。こちらをじっと見つめる虚ろな目。

「膨張した青白い顔。耳を両手で塞いで、ただ、じっとこちらを見て。彼は何かを呟いたような気がしましたが、分かりませんでした」

素月に何を訴えかけていたのか、分からない。この事件と関係があるのかすら不明だ。そもそも海や川には幽鬼が多い。不運な事故で命を落とすことが多いからだ。

にしても、あれは──。

（あちら側から接触してきた）

ようやく呼吸が落ち着いてきた素月に、耀天は着ていた褙子を被せた。

「着ておけ。風邪をひかれたら困る」

「わたしが片付けてあげた家の中が、またひどいことになりますからねぇ」

「いちいちうるさい。麗雪、悪いがこいつを家まで連れて帰ってくれ」

「分かったわ」

自分の役目はここまでらしい。だが助かった。濡れた格好のままこの場所にいたら、本当に風邪をひきそうだ。

ずぶ濡れの素月は麗雪に付き添われ、大人しく帰路につくことになった。

素月は身震いしながら考える。果たしてあの少年の幽鬼は、遺体の男とは無関係で、たまたま素月に接触してきたのか。それとも何かしらの縁があって、素月に接触を図ってきたのか。

(明日、もう一度調べに行こうかな)

今度は引きずりこまれないように、腰に命綱でも巻き付けて。

＊＊＊

素月に麗雪をつけて家に送り返した耀天は、素月が溺れた河をじっと睨んでいた。雷文は水藍と共に、遺体を亭へと運びにいっており、残っているのは耀天と白淵のみだ。

「耀天くん、君は面白い人材を見つけたね」

「面白いと思うか、白淵さん」

「でも、使えるから雇った。そうだろう？」

「まあ、そうなんだが……」

耀天は言葉を濁した。使えるから雇った、それは事実だ。この都では、それなりの頻度で殺人事件が起きている。自分たち役人は、全ての事件を解決できるわけではない。力及ばず、未解決のまま終わる事件が少なからずある。これに素月の能力は役に立つはずだ。

けれども、どうしてか彼女を見張っておかなければと漠然と感じたのだ。先日、韋峻の屋敷で起こった奇妙な出来事。明林の魂魄をこの世に降ろしたとき、素月は彼女に復讐を唆したように見えた。選ぶのは彼女だと言いながらも、復讐することを望むような、底の知れない仄暗い目をしていた。

闇を見つめてきた目だ、とあの時耀天は感じた。この仕事柄、人の残酷さを幾度も見てきた。薄暗い闇の中で生きてきた人間の目と同じなのだ、彼女が見せたあの目は。

それに、頬から項にかけて残る大きな火傷の痕。過去、彼女の身に何があったのか。

彼女に出会った時、素月は耀天の売り言葉にこう返してきた。

『わたしもあなた方のこと、何一つ信用してませんよ』

そう、彼女は人を信用していない。いつも浮かべている飄々とした笑み、抑揚のない話し方。己自身を決して見せようとはしない、彼女は。

「何か気になることが？」

「いや、大したことじゃ。……彼女は、生きた人間よりも幽鬼を優先させる節がある。良くも悪くも」

「それが彼女の仕事だからじゃないのかい？」

「仕事のうちであればいいんだが、人間そのものを嫌悪しているように感じた」

「どういう意味だい」

「人を一切信用していない、と説明すればいいのか」

耀天は嘆息すると、城郭を振り返った。

「白淵さんは遺体の身元特定を。官吏だろうから、数日出仕していない人間を探せばすぐに身元は割れるはずだ」

「了解した。君も行くかい？　外廷に」

すると耀天は、苦笑して両肩を竦めた。

「御冗談を。俺なんかが顔をだせば、即刻やつらに叩き出されるだけだ」

「なんだ、相変わらずなのかい」

「まあね。家を出たっきり、誰とも会ってないからな」

　耀天は家族の反対を押し切って捕吏の職に就いた。いわば勘当状態だ。だから、家族たちがこぞって働いている外廷には極力近づきたくない。

「俺は残された短刀から、持ち主を辿ってみる」

「分かったよ」

　被害者の身元が割れたら、周囲を洗い出す。そうすれば解決の糸口は見えてくるだろう。

　耀天たちはそう考えていたのであるが、その翌日、事件は大きく動くことになる。

＊＊＊

「おいおい。二人目かよ」

「……一体どういうことだ」

「なにも朝一番じゃなくても。わたし、まだ朝餉食べてないんですよ」

　雷文、耀天、素月の三人は、朝靄がかかる中、昨日訪れたばかりの崔河にいた。

　三人が不可解な表情で見下ろしているのは、新たに発見された男の遺体だ。それも心臓を短刀で一突き、首の骨は折れている。昨日発見された遺体と殺され方が同じである。ただし、男が着ているのは官服ではない。

　首を折ったのが先か、心臓を刺したのが先かは知らないが、犯人には何か意味があるのだろう。何かを伝えたいのか、儀式的なものなのか。

「水藍を叩き起こさないといけないっすね」

「昨日は夜遅くまで検屍をしていたから、たいそう機嫌が悪いだろうな」

耀天と雷文は共にため息をついた。

「あのー。わたしだって朝餉食べ損ねたので、機嫌悪いんですけど」

耀天に朝餉を出し終え、自分の食事にありつこうとした時だった。雷文が、耀天を呼びに屋敷の扉を叩いたのは。

崔河で新たな死体が発見されたと報告を受けた耀天は、素月に同行しろ、と言って無理やりこの場に連れてきたのだ。二人で行けばよいのに、どうして自分まで駆り出されねばならない。朝餉を放り出してまで。おかげで空腹を訴え腹がぐるぐる鳴いている。

「おまえ、昨日の夕餉も俺の倍は食ってただろ」

「え、見てたんですか。あれでも抑えてるほうですよ」

「おまえの胃袋はどうなってんだ」

「幽鬼と対峙するのは意外と体力使うんです」

「帰ってからたらふく食えばいいだろ」

それまで我慢しなければならないではないか。

素月は腹を押さえ、手早く仕事を終わらせて帰ろうと意気込む。

耀天と雷文は二人で死体を検分している。死体は見慣れてはいるが、素月に分かることなど限られている。ならば、自分は自分の仕事をするとしよう。

素月の灰色の目が青みを帯びる。今、この周囲に死体の幽鬼はいない。昨日と同じだ。

素月は耀天に連れ出される際、急いで持ってきたあるものを袋から取り出した。縄である。昨日、河へ引きずり込まれてしまった失敗を活かすためだ。

話し込む二人を尻目に、縄をぐるりと自分の胴に巻き付けていると、耀天がふと振り向いた。何をしている、と目が不審そうに問いかけているので説明する。

「河に引きずり込まれないようにする命綱ですよ。準備が良いでしょう？」

この縄を岩か木にでも括りつけておけばなんとかなるだろう。

すると、耀天が目を眇めて素月の頭頂部を軽く叩いた。

「え、痛いんですけど」

「おまえ、本当に馬鹿だろ。自分が死にかけたことを忘れたのか？」

「失礼ですね、ちゃんと覚えてますよ。ですからこうやって対策をですねぇ」

「一人でやるのはやめろ。いくらおまえでも死なれちゃ後味が悪い」

「わたしは別に気にしませんよ。呪いもしませんからご安心を」

あっけらかんと言ってのける素月に、耀天は盛大なため息をついた。

「水に入るのは危険だからやめとけ」

「あのですね、危険を伴うのがわたしの仕事です。あなただって同じくそうでしょう？」

「そりゃそうだが」

「それに妙に気になるんですよねぇ。昨日の水鬼は、向こうからわたしに接触を図ってきました。わたしは聯繋していないのに。彼、きっと何かを訴えたいんじゃないんですかね。先日の家鳴りのように水を操ってまで」

「だからといって、今回の事件に関係ないだろ」

「それはどうでしょうか。たとえば水鬼の少年が、二人に何があったのかを見ていたとしたら？」

　素月の言葉に二人は目を見合わせた。彼らの反応に素月は笑みを深め、縄の端を耀天に渡す。

「今回はこちらから接触します」

「……危ないと思ったら、即刻引き上げるぞ」

「構いません」

　素月は軽く頷き、一人、水際まで足を進めた。足が水に触れないように立ち止まると、簪に仕込んでいる針を抜き取り、先日と同じように指の腹に突き立てた。瞬時にじわりと滲み出る血。

（さて、出てきてくれるかな）

出ておいでと念じながら、素月は血に濡れた指を冷たい水の中へ浸けた。素月の血が水と混じり合っていく。

この河のどこかに水鬼はいる。ならば水に血を溶かして接触する、今度はこちらから。

すると、水面に小さな泡が立ち始めた。初めは点々と、だが次第に水が沸騰するかのように激しく、大きな泡が立った。

(──来た)

素月は耀天を一瞥してから、水の中へ足を踏み入れた。泡が足元に集まり、それはいつしか渦になる。周りの音が止んで水音すら聞こえなくなった。

あの時と同じだ。

素月の足が水中へと引っ張られる。素月は抵抗しなかった。水飛沫を立て、素月の体が水中へと引きずり込まれていく。

縄の長さは足りるだろうか。ぶっきら棒な男がこの命綱をしっかり握っていれば良いのだが。

そんなことを考えていると、いつの間にか素月は薄暗い水の中にいた。そして目の前には、両耳を手で塞いだ少年がこちらを見ていた。

どうして耳を塞いでいるのだろうか。話を聞きたくないのだろうか。なら、どうして素月に接触してきたのか。素月は問いかけてみる。

――どうしてわたしを引きずり込むのですか。

――とめて、ほしいから。

返事はある。聞く耳を持たないというわけではないらしい。素月は質問を続ける。

――とめる、とは？

――おとうさん、とめて、ほしい。

おとうさんを、とめる……。お父さんを、止める？

言葉の手掛かりが少なすぎて、何を言いたいのかが分からない。

――それは、どういう意味なのでしょうか。

――とめて、おねがい、とめて。

少年は譫言（うわごと）のように言葉を繰り返すだけだ。このままでは時間がない。自分の息が持たないし、いつ耀天に引き上げられるか分からない。素月は質問を変える。

——この河で、連続して二人の遺体が発見されました。何か、ご存じありませんか。そしてあなたの名前は何というのですか。

すると穏やかだった水の中に、泡が立ち始めた。少年の様子もおかしい。素月を見つめていた目が焦点を失くし、狼狽したような表情に変わっている。

どうして狼狽えるのだろうか。もしや、本当に彼は何かを知っているのか。少年の体は泡に包まれていく。素月は彼に向かって手を伸ばした。

——待ってください。何か知っているのなら、教えて下さい！

——とめて。じゃないと、もうひとり……。

あっという間に少年の体は泡となって消えてしまった。

そして素月の体は、強い力によって引っ張り上げられる。おそらく耀天だ。

勢いよく水面に浮上した素月は、息を吸い込み、浮いたまま呆然と空を見上げた。清々しい程の蒼天。やけに眩しく感じる。

「おい、生きてるか！」

「……生きてますよぉ」

素月は浮いたまま気だるげに呟くと、耀天たちに岸辺まで縄で引っ張られた。

生きてるかってなんだ。生きてますよ、全力で。

無事に生還を果たした素月は、重い体を引きずり日当たりが良い場所を選んで座った。

「大丈夫か」

一応、今回は大丈夫かと聞いてくれるらしい。

「よりいっそうお腹がすきました」

素月の言葉を聞き、耀天と雷文はほっと胸を撫で下ろした。

「何か手掛かりは掴めたのか」

「名前は分かりませんでしたが、訴えてきました」

「何を」

「とめてほしいと。父親を」

耀天は首を傾げる。

「どういう意味だ。今回の事件に関係あるのか」

「分かりません。事件との関係性を問いかけましたが〝じゃないと、もうひとり〟と言い残して消えてしまいました。何か、動揺していたようでしたが」

三人は、それぞれ神妙な顔をして押し黙った。

「もう一人っていうのは、もしかしたらさらに犠牲者が出るってことっすかね」

雷文が思案顔で二人に問いかける。

「なら父親をとめてというのは、その父親がこの事件に絡んでいるのか……？」

「散在している点が繋がらないですね。……というか、お腹が空きました。何か食べさせてください。それに寒いです」

縄を持ってきたのは良かったが、その後のことを考えていなかった。着替えも持ってくればよかった。

お腹を鳴らしながら震える素月に耀天は嘆息すると、彼女を引き連れ、職場である亭へ向かうのであった。


「えぇっ。またずぶ濡れじゃない！」

「麗雪、悪いが着替えを貸してやってくれ」

亭へ入るなり、耀天と素月を出迎えた麗雪は驚きの声をあげた。彼女は急いで自分の着替えを持ってきてくれる。

そういえば耀天と出会ってからというもの、ずぶ濡れになってばかりである。

麗雪から着替えを受け取った素月は、別室で手早く着替えた。着替えといっても、耀天たちと同じ捕吏の装束である。まぁ、乾いた服であればなんでもいい。

様子を窺いに来た麗雪に礼を告げる。

「着替え、ありがとうございます」

「ううん、わたしたちの服でごめんね」

「いえ、助かりました」

頭を下げると、同時に腹が鳴る。麗雪が目をぱちくりとさせる。

「お腹、すいてるの？」

「とっても」

腹を押さえると、麗雪は噴き出して「ちょっと待ってて」と言って部屋を出ていった。大人しく部屋で待っていると、耀天と共に部屋に入ってくる。お盆に食事をのせて。

「これ、朝餉の残りでよければ」

「ありがとうございます」

素月は目を輝かせ、遠慮なく頂戴することにした。米に焼き魚、それに野菜たっぷりの羹。羹が冷えた体を芯から温めてくれる。

掻きこむ様に食べるので、あっという間に器が空になっていく。

「おまえ、本当によく食べるんだな」

今まで共に食事をとったことのない耀天が、素月を眺めながら呆れ顔で呟く。

「食べないと働けないんで」

「今まであの山奥でどうしてたんだ」

「基本は自給自足です。畑で野菜を植えて、肉は山で狩りをして。魚は街に下りた時に買ってました」

「狩りかぁ、すごいね。わたし、一度もしたことないなぁ」

お茶を淹(い)れながら、心底感心したように言葉を零(こぼ)す麗雪。

街中に住んでいて、ましてや女であればそんな機会はないだろう。

麗雪から熱い茶を受け取ると、素月はほっと一息をついた。少しは腹が満たされた。

「ごちそうさまでした」

「いいえ、どういたしまして。それより、また遺体が発見されたんだってね」

「とりあえず雷文を残してきた。今、白淵さんはどこにいる？　一人目の身元は割れたのか」

「うん。今、ご遺族を訪ねにいってるから。……あ、ほら。噂(うわさ)をすればなんとやらだよ」

麗雪の視線の先を追えば、白淵がのんびりと手を振って戻ってきた。素月の姿を目にして、白淵は面白そうに微笑(ほほえ)む。

「おや。捕吏に仲間入りですか？」

「御冗談を。またずぶ濡れになっただけですよ」

「ずぶ濡れ……。もしかして、また現場へ連れていったのかい？」

白淵は耀天に問いかけた。

「あぁ。それで新たに分かったこともあるが、先に一人目の情報を聞きたい」

「一人目の遺体は宗景仁。礼部に勤める官吏だったよ」

礼部といえば、祭祀・貢挙などを司る部署であったか。

「遺体が発見される前日、仕事終わりにどこかへ出かけたまま帰ってこなかったそうだ」

「誰かに恨まれるような心当たりは？」

「特にないみたいだね。真面目にこつこつ働いていて、同僚たちからの評判も悪くない。母親はひどく憔悴しきっていて、話を聞くのも一苦労だったよ」

「大人とはいえ、息子が亡くなったんだ。……悲しいだろうな」

素月は話に耳を傾けながら睫毛を伏せた。

悲しい、か。世の中ではそれが当たり前の感情だろう。だが生憎、素月にはその気持ちがいまいち理解できない。

素月の火傷痕が、針でつつかれたようにチクチクと痛んだ。

「それで、二人目の遺体は？」

「今、水藍が出向いている頃だ」

「身元はすぐに割れそうかい？」

遺体に名前が書いてあるわけではない。一人目は官服を着ていたため身元を特定しやすかったが、二人目の遺体など、手掛かりになりそうな特徴はなかった。所有品などから手掛かりが摑めれば良いだろうが。

しかし耀天は「意外と早く割れるかもしれない」と答えてみせた。

「二人目の遺体が上がった現場で、こいつは昨日の水鬼と再度接触してる」

耀天は素月を指さしながら話を続ける。

「そして声を聞いたらしい。〝父親を止めて。でないともう一人――〟」

「もう一人……。ということは、さらに犠牲者が出るということなのかな。少年の幽鬼がこの件に関係していると？」

「さあな。ただその幽鬼が事件に関係しているとするなら、被害者二人の間に共通点があってもおかしくない。一番手っ取り早いのは、二人目の遺体を宗景仁の母親に確認してもらうことだ」

白淵と麗雪は、耀天の言葉に深く頷いた。

「遺体がこちらに運びこまれたら頼んでみましょう」

「ああ」

そして耀天は、上――各都市の捕吏たちを総括している県尉に報告してくると告げて、その場を後にした。

残された素月は冷めてしまった茶を飲みつつ、二人に話しかけた。

「あの人って、意外と勘がいいんですね」

「彼は十六の時にこの職に就いていますからね。かれこれ八年、それなりの場数は踏んでいますよ」

白淵は耀天が出ていった扉を眺めながら、懐かしむ様に説明してくれる。

「僕は彼が幼い頃から知っていますが、まさか本当に捕吏になるとは」

「彼とはご親戚か何かですか」

「まさか、恐れ多い」

「恐れ多い？」

「あぁ、いや……」

しまった、と言わんばかりに白淵は項（うなじ）を掻いた。

「別にいいじゃない、白淵さん。捕頭（ほとう）は隠してるわけじゃないんだし、一緒にいたらいずれ分かることじゃない」

「まぁ、そうなんだけどね」

素月は二人のやりとりに首を傾げる。

「彼は皇族の血を引いていてね。彼の母君が現帝の妹にあたるんだ」

家のことが一切何もできないから坊ちゃんだろうと踏んでいたが、まさか皇族の血を引いていたとは。そういえば、友人の朱清（しゅせい）と高蕾（こうらい）も育ちが良さそうに見えた。

だが、なぜ捕吏をやっているのだろうか。この場にいる二人には失礼だが、捕吏は出世街道ではない。

「捕頭にはあまり言わない方がいいよ。家のことになると、すんごく機嫌が悪くなっちゃうから」

「どうしてですか？」

「この職に就くことを反対されて、かれこれ何年も勘当状態なんですって。すごく揉めたみたい」

「どうして捕吏になろうと思ったんですかね。高貴な身分に生まれたのなら、道は既に用意されているはずでしょうに」

素月の何気ない問いに、白淵は苦笑を浮かべた。悩ましげな、悲しげな、感情が複雑に混ざり合っているような笑みだ。

「……運命とは数奇なものだと思うだけです。突然の出来事が人の運命を変えてしまう。おそらく、君と彼が出会ったのもそうでしょう」

「わたしは運命という言葉は嫌いです。わたしはただ、自分の意思で生きています。人生なんて、それだけでしょう」

運命などという言葉は吐き気がするほど嫌いだ。そんなものは誰が決める。天に住まうとされる神々か。──違うだろう。運命という言葉は起こった事象の後付けに過ぎない。

「君は穏やかそうに見えて、内には色んな感情が渦巻いているようだね」

「穿鑿でしょうか」

「ただの独り言だよ。僕は仕事柄、感情を表に出さないよう心がけているんだけどね。でも君の場合は、感情はあるのに、表情に繋がっていないように見える。ちぐはぐとしているね。……だからこそ、耀天くんも君を気にかけたんだろうけど」

眼鏡の奥で白淵の目が鋭く光り、素月は笑みを深めた。

嫌な男だ、勘が良い。仕事柄なのか、彼らは人間観察に長けている。

素月にも感情はある。しかし表情と連動しない。昔はそうじゃなかった。でも、いつからか笑みだけを浮かべるようになった。それが自分を守るための唯一の術だった。

素月はそれ以上答えず、空になった茶杯を手にしたまま、窓枠から外をぼんやりと眺めた。


***

二人目の遺体の身元が分かったのは、その日の夜のことであった。

耀天の夕餉を準備し終えると、彼は素月を呼んだ。

「おまえも一緒に食べろ」

「え？」

「また腹が減ったのどうのと騒がれては煩い。あと、俺の食事はおまえと同じで構わない。手間だろ」

「まぁ、それはそうなんですけど……」

素月としては助かるが、屋敷の主人と食事を共にするというのは、さすがにどうなんだろうか。一応下女扱いで住まわせてもらっている身としては気が引ける。

素月の言わんとすることを察した耀天は、首を振った。

「いちいち細かいことは気にするな」

「そうですか？」

屋敷の主人が良いと言っているのだからいいかと、あっさり割り切った素月は、自分の夕餉も運んできて、耀天と共に席に着いた。

「二人目の遺体の身元が分かった。一人目の被害者、宗景仁と幼馴染みだ。名は張月。官吏を目指すため同じ塾へ通っていたそうだ。宗景仁は科挙に合格したらしいが、張月は受からず、家業を手伝っていた」

「二人が殺されなければならない理由は？」

「分からない。ただ、興味深い話を聞いた」

焼き魚の骨を箸で器用にとりながら、耀天は言葉を続ける。

「十五年前。今回遺体が浮かんだ崔河の上流で、四人の塾生が滝壺に飛び込む遊びをしていた。そこで一人の塾生が、事故で命を落としたそうだ」

「事故？」

「滝壺に飛び込み、運悪く溺れ死んでしまったらしくてな。遺体も見つかっていない。おそらく水底に沈んでしまったんだろう。名は確か潘清翔といったか。母親は既に病死していて、父親である潘貫永が宿屋を営んでいる」

「父親ですか」

素月の脳裏に、幽鬼の声が再び蘇る。

——おとうさんを、とめて。じゃないと、もうひとり。

散在していた点が、ゆっくりとだが繋がり始めている。

「四人の塾生のうち、一人が滝壺で事故死。時が経った今、その場にいた残りの三人のうち二人が殺された。……もう一人、殺されるかもしれないってことですね」

「そういうことだ。残っている一人、卓跋という男は地方官吏として働いている。今、都にはいない」

「溺死した少年の父親が、何らかの理由で、当時現場にいた人間を殺していると？」

「そう考えるのが妥当だろう」

耀天はそこで話を切った。素月は羹を見下ろしながら考える。

仮に耀天の推察が当たっているとして、動機は何なのだろうか。息子一人だけが不運な事故で死んだことへの逆恨みか。それならどうして今になって、父親は殺し始めたのだろうか。息子が死んだのは十五年も前の話なのに。

それに、あの水鬼の姿。どうして耳を塞いでいるのだろうか。何か引っかかる。

思考が行き詰まった素月は箸をおいて、自分の両耳を手で塞いでみた。

「……おい、何やってんだ」

耀天が目を細める。

「いやぁ、何か分かるかなと」

「あ？」

「どうして水鬼の少年は、耳を塞いでいるのかなと。何も聞きたくないんですかね」

「耳を塞いでても音は聞こえてくるだろ」

「ですよね。会話も少しはしてくれましたし。何か他に理由があるんですかね」

「知るか」

一蹴した耀天だったが、何かに思い当たったのか箸を持つ手が止まった。

「……頭だ」

「どうしたんですか？」

「は？」

「河で見つかった遺体は、首の骨が折れていたな」

「そうですけど」

「首の骨が折れたら、頭はどうなる」

「……頭を支えられない、ですね」

そうか、あの水鬼は首の骨が折れていたのか。滝壺に飛び降りた際に、折れたのだとしたら。

「そうだとしたら、色々とおかしい」

「どういう意味ですか？」

「いいか、十五年前の事件は溺死だと判断された。遺体が見つからなかったからな」

「はぁ」

「おまえ、滝壺に飛び込むとしたらどう飛び込む」

「え？　そんなことしたくないです」

「いいから考えろ」

「えぇー……。そうですね、跳びますね。地面を蹴って足から」

「そうだ、普通は足からだ」

「——あ」

素月はようやく気付いた。足から落下してどこかにぶつかって骨折するならば、頭ではなく足のはずだ。

「ここからは俺の想像だが……。潘清翔は誰かの手によって故意に頭から落とされて、落下の最中、飛び出た岩などにぶつかり首が折れたとしたら」

「……その時点で死んでしまいますね」

「そうだ、溺死ではなくなる。水藍が言うには、水を吸い込み溺死した遺体は沈む。だが、別の原因で既に死んでいる遺体は水に沈みにくいという。水を吸い込んだか、吸い込まなかったか、重さの違いだそうだ。つまり十五年前、遺体はすぐに沈んだとは考えにくいってことだ。助けようとする時間があったかもしれない。それに仮に死体が沈んだとして、ずっとそのままとは考えにくい。腐敗した遺体は浮上してくることが多いからな」

「……残りの塾生が助けようとするどころか、浮かんでこないように細工をしたと？　何があったのかを隠すために」

「あくまで推論だ。証拠はない」

「でも、もしそれが事実だとして、潘清翔の父親が何かのきっかけで知ってしまったら――」

二人の視線が交錯する。

「結論を急いでも仕方がない。今、部下が宿屋を当たっているはずだ。身柄を拘束するよう指示しているし、明日には本人から直接話が聞けるはずだ」

それならば良いのだが妙な胸騒ぎがする。

遺体は二日連続で見つかった。あらかじめ準備していたように、間をあけずに。

水鬼の父親が、今回殺された者たちを何らかの方法であらかじめ呼び寄せ、身柄を拘束した上で順番に殺していたとしたら。

素月は再び箸を手にして耀天の表情を目だけで窺う。

耀天もどこか不安げなすっきりしない表情をしていた。


――とめて、おねがい、とめて。


水鬼の声が耳にへばりついて離れない。素月の心にある黒々とした靄が、ゆらりと蠢く。

耀天の推測が真実なら、新たな犠牲者が出る前に父親を止めるべきなのだろう。水鬼の想いを汲み取る意味でも。

しかし、素月には水鬼の気持ちが分からない。当時亡くなった水鬼の気持ちを考えれば、自分なら残りの塾生を恨む。止めてなどと言えるだろうか。死んだ自分を見捨て、それどころか自分の遺体が見つからないように細工をした相手に。

そう、自分なら彼らを罰して欲しいと望む。

罪を犯してのうのうと生きている人間たち。その一方で、この世を彷徨い続ける憐れな幽鬼たち。

素月の場合は運よく現世に戻ってきた。けれどずっと憎しみを抱え続けている。人間たちに。

「……わたしには、分かりませんね」

気が付けば言葉が口を衝いて出ていた。耀天が首を傾げて「何がだ」と問いかけた時だった。屋敷の門が激しく叩かれたのは。

「捕頭！　大変だよっ」

声の主は麗雪で、素月は耀天と目を見合わせる。耀天は傍らに置いていた刀を手に素早く立ち上がると、門口へと向かった。気になった素月も、残っているご飯を全て口に入れてから後を追う。

門の外では馬を連れた麗雪が、背筋を伸ばして立っていた。

「潘貫永がいないの。数日前から宿屋を閉めてるみたいで」

「なんだと」

「塀を乗り越えて中へ入ったんだけど、誰一人いなくって」

「分かった。今から俺も出る」

「あのー、わたしも行きます」

口の中のものを全て嚥下した素月は、片手を上げた。

「おまえは此処(ここ)で飯でも食ってろ」

「もう全部食べましたよ」

「なに？」

「それより、今からどこへ向かうおつもりですか？　例の崔河に向かうのでしょう？」

素月の指摘に、耀天の眉間に皺(しわ)が寄る。

「来てどうする」

「わたしもこの件には関わっているんです。事件の顛末(てんまつ)をこの目で見る権利があると思いますけどねぇ」

「……ったく、勝手にしろ」

「そうします」

にこりと笑った素月は、耀天の馬に一緒に乗せてもらい崔河へ向かった。空には欠けた月がかかっている。

「崔河のどこに向かうつもりですか？」

素月の背後で手綱を握る耀天に尋ねる。

「分かってて聞いてるだろ、おまえ」

「一応確認しておきませんと」

「十五年前の事件現場に決まってんだろ」

「場所、分かるんですか」

「昔、俺も遊んだことがあるからな」

「へぇ。皆、そういうことをして遊ぶんですね」

「家の者は嫌っていたけどな。おまえは何をしてたんだ」

何気ない問いだが、素月は答えに窮した。

知らないのだ、自分は。幼少時代に皆がどのような遊びをして過ごしていたのか。友人など誰一人いなかったし、毎日が奴婢のような生活だった。

外に出る時は村の井戸へ水を汲みにいく時か、折檻された後に放り出された時か。目の前を楽しそうに駆けていく同年代の子供たち。彼らが何をして遊んでいたのかでさえ、素月は知らない。

「さぁ……。何をしていたんでしょうかね」

ぼんやりとした呟きは、夜風に攫われていった。


「──捕頭、馬車が」

崔河の滝壺に向かう途中で一台の馬車が止まっていた。麗雪が中を検分するが空である。

「追うぞ」

素月たちは馬から下りた。ここからは傾斜が厳しく馬では登れないようだ。

耀天が麗雪から灯を受け取って先頭を歩く。人の行き来があるのか道は細いが均されていて、夜道でも意外と歩きやすい。上流へと向かっていくほど、激しくなる水音を耳にしながら三人は歩く。

「滝壺は、もうすぐなはずなんだが」

するとその時、男の悲鳴が闇夜に木霊した。

――近い。

三人は目を見合わせて歩調を速める。鼓を叩くような滝音が近づいてきた。

「やめてくれ！」

今度ははっきりと言葉が聞き取れた。恐怖に慄いた男の叫び声だ。

素月たちの目の前に、激しい水飛沫をあげて流れ落ちてくる滝が現れる。そして滝壺の側には二人の男の姿。

一人は両手を後ろ手に拘束され、芋虫のように地面を這いつくばっている。

そしてもう一人、白髪の男は激しい憎悪の目で彼を見下ろしていた。その手には短刀が握られている。

「やめろ！」

状況をいち早く察した耀天が声を張り上げた。二人の男は驚いた表情で耀天を振り返った。

「た、助けてくれ！」

地べたを這いつくばり助けを求める男に、白髪の男は飛びかかり、黙れと言わんばかりに喉元に刃を突き付けた。男の皮膚が薄っすらと切れ、血が流れていく。

「あんたらは誰だ」

男の仄暗い目が素月たちに向けられる。

「捕吏だ」

「捕吏……。こいつらをのさばらせていた無能な役人か」

皮肉げな笑みを浮かべる男に、耀天は一歩足を踏み出す。

「否定はしない。ただ答え合わせをするためにやってきたんだ、潘貫永」

「へぇ？」

「あんたの息子は事故で亡くなったのではなく、そいつを含めた当時の塾生三人に殺されたのか」

貫永は目を眇め、

「正解かどうかは、この男の口から聞けばいい。なぁ卓跋、もう一度説明してくれるよな」

呪詛を唱えるように、下敷きにしている男に問いかけた。卓跋は震えながら小刻みに何度も頷いた。

「あの日は、夏で、暑くて。塾の終わりに、皆でここに涼みに来た。それで、度胸試しで滝壺に飛び込むことにして……。清翔は怖じ気づいて、跳べなくて。俺らが嫌がる奴の背中を、押した。そしたらあいつ、頭から落ちて——。滝壺に落ちたあいつの首は変な向きをしてて、そんで浮いてて。俺らはどうしよう、ってなって」

素月は滝壺から滝を見上げた。高さは五、六丈はあるのではないだろうか。

「悪ふざけとはいえ、俺らが突き落としてしまったから……。このままじゃ俺らはどうなるんだって考えたら怖くなって、石を重りにして……沈めた」

素月はいつの間にか拳を握っていた。人を一人殺しておいて、保身のために沈めて隠したのか。心のどこかでは、真実は違うかもしれないと自分に思い込ませていた。ああ、嫌だ。いつも人間は残酷だ。同じ人間として心底吐き気がする。

「あんたは、いつ真実を知ったんだ」

耀天が貫永の動きを警戒しながら尋ねた。

「三か月前だ。この男が地方から帰省していた折、宗景仁、張月と共に飯屋で飲んでいるところに俺が偶然居合わせた。夏の暑い時期だったから、こいつらは思い出したらしい。酔いながら、あれは事故だったどうのこうのとぼやいているのを聞いてしまってなぁ。同じ店に居たってのに、こいつらは遺族の顔も覚えちゃいなかったんだよ。……俺はよぉ、大切な一人息子をこいつらに奪われ、その後、妻は気落ちしちまって流行り病で息子の元に逝っちまった。残されたのは俺、ただ一人だ。何のために生きてるのかも分からなかった。……けど、ようやく最後にやることが見つかった。こいつらに罰を与えることだ」

貫永の声は、この状況において異様なほどに落ち着いていた。激しい怒りが頂天を突き抜け、静かで冷酷な覚悟を決めたような、そんな感じがした。

「呼び寄せるのは簡単だった。まずは都にいる張月を捕らえて人質に取り、残る二人に文を送り呼び寄せた。三人を拘束した後は、一人ずつここで殺すことにした。心臓を刺したのは俺の恨み、首を折ったのは息子と同じ目に遭わせるため。……こいつで、やっと終わるんだよ」

貫永は卓跋の髪を摑(つか)んで顔を上げさせた。

「見ろよ、清翔はこの底に一人で沈んだままなんだ。でも、俺はおまえらの遺体は沈めなかった。見つかるよう、下流に流した。……せめてもの情けだ。遺体すらなく、満足に供養もできない家族の苦しみが分かるか？」

「す、すまなかった。本当に申し訳なかった……！」

卓跋はすすり泣いて詫(わ)び続ける。それは誰に対する謝罪なのだろう。滝壺の底に沈んでいる清翔か、それとも彼の父親である貫永に対してか。両者に対してか。

「もうやめろ。それ以上、手を汚すな」

耀天がもう一歩、前へと踏み出た。

「汚す？　おかしなことを言う。人の命を奪ったのなら、命で返すのが礼儀ってもんじゃねえのか。人の道ってのはそういうもんだろう。人の道を外れ、反省すらせずのうのうと生きてる人間には、強引に返してもらうしかない」

素月は気が付いたら前に出ていた。耀天と貫永の間に立つ。貫永を背にして庇うようにして、耀天と対峙する。

「……なんのつもりだ」

耀天は素月を睨みつけた。

「彼の言うことには一理あると思いませんか。息子のために復讐を果たそうとする父親の行動を、他人であるわたしたちが止める理由がどこにあるんでしょうか」

「おまえは直接、そいつの息子の言葉を聞いたんだろうが」

「そう言われましても、わたしには理解し難いんですよね。この道中、ずっと考えていました。亡くなった息子さんが自分なら、わたしは彼らを罰して欲しいと望んでしまう。息子さんのように、父親を止めて欲しいなどわたしには考えられません」

「おい……。おまえらは、一体何の話をしている」

耀天と素月の会話に、貫永は怪訝そうな表情で疑問を投げかける。

「あぁ、すみません。気にせずにどうぞ」

「ふざけんなよおまえ」

　耀天が素月の襟ぐりを掴んで引き寄せる。

「自分が何言ってるのか分かってんのか」

「もちろんですよ。わたしは、ただ分からないと言っているのです。潘清翔の気持ちが。奪われたのなら、どうして奪ってはいけないのでしょうか。誰かに仇を討ってほしいと、わたしなら思います」

　ふざけてなどいない。心から疑問に思うことだ。だから、耀天と貫永の間に割って入った。

「なぁ、どういうことだ。清翔の言葉って何なんだ」

　素月は襟ぐりを掴まれたまま、後ろから問いかける貫永を振り返った。

「わたしは方士でして、最近この人に協力しているんですよ。今回の事件で、水鬼となった息子さんと少しだけお話をしましてね」

「……嘘だ。そんなこと、信じない」

「信じる信じないはご自由に。わたしはただ、水鬼の少年から〝父親を止めて〟とお願いされただけです。でも話を聞く限り、別に止めなくてもいいんじゃないかって思えるんですよね。因果応報ってことじゃないですか。わたしはあなたを支持しますが、この人はそうじゃない。息子さんと同じであなたを止めるべきだと考えている。ねぇ、どうしてですか？」

鼻と鼻が今にも触れそうなほどに近い耀天の顔を、素月は真っすぐに見つめた。決して厭みではない。試しているわけでもない。ただの純粋な疑問だ。それは物心ついてからずっと素月の心の中にあり、問い続けている。

「……大切な人に、これ以上苦しんでほしくないからだろう」

耀天は目を逸らすことなく、素月の灰色の目を真っ向から睨み返した。耀天の黒い瞳は、揺らぐことなく、どこまでも真っすぐだ。

「自分のために、大切な人が手を汚して、堕ちていく姿を見たくないんだろう」

「堕ちるってなんですか。自分のためにやってくれているのに?」

「仇討ちという言葉に託けて、やっていることは殺人に変わりないだろ。……それに結局、復讐は殺し合いの連鎖だと思うだけだ」

耀天は素月の襟ぐりから手を離し、代わりに彼女の両肩に手を置く。そして素月の灰色の目を覗き込んだ。

「卓跋ら三人は、貫永の大切な息子の命を奪った。その復讐として、貫永は二人の人間の命を奪い、卓跋の命も奪おうとしている。いくら憎かろうが、彼ら三人にも家族がいる。彼らの家族から貫永の親族に憎しみの矛先が向き、復讐をするかもしれない。そうしたらまた、貫永の親族が復讐をするかもしれない。復讐に次ぐ復讐。きりがない。やっていることは殺し合いに変わりない。おまえは、それを肯定するのか」

「なら、赦せというのでしょうか」

「そんな綺麗事いうのは神くらいだろ。……俺にだって、殺してやりたい人間はいる。そいつを捜すために捕吏を続けているようなもんだ」

耀天の目に剣呑な光が浮かぶ。素月を通して他の誰か――まるで狼が獲物を見据えているようなそんな目だ。鋭い牙を以て、喉元に食らいつかんとするような。

「だがそいつを見つけ、捕らえたとしても殺さないとある人間に誓っている。この仕事は罪人を捕らえるまでが仕事だ。殺してはいけない。人を裁くのは個人ではなく、法による刑罰でなければならないと考えている。……合法的な復讐として刑罰があるんだと、俺は教わった。そのために、どんな下種な人間でも俺らは生かして捕らえている」

「……どうして、そんな考えができるんですか」

「さあな……。罪人と同じところに堕ちたくないというのが、一番の理由だろうな。この間の明林という女だってそうだったろ。どこかで負の連鎖は断ち切らないといけない。彼女は赦したんじゃなくて、耐え忍んだんだと思う。正当な裁きを望んで。そのための法と刑罰だ。これも綺麗事だろうが、綺麗事のない世の中は終わりだと思わないか」

「じゃあ、清翔という水鬼は――」

素月は言葉を呑み込み、短刀を握りしめたまま動けなくなっている貫永を振り返った。翳りが差していた目には、いつの間にか迷いと動揺が生じている。

耀天も察しているのだろう、無理には近づかず待っている。自らその短刀を手放すことを。今この瞬間なら、耀天たち捕吏なら彼を捕らえられるはずなのに。

人間は嫌いだ。それは今でも変わらない。でも、中にはこんな考えをする人間もいるのか。綺麗事だと分かっていても、それを貫こうとしている人間が。

(……そこまで言うのなら、今、この場だけでも信じてみようか)

素月は簪を抜き取って水際に寄った。

「何をする気だ」

「息子さんに会いたくないですか」

貫永の目が大きく開かれる。

「どういう意味だ」

「そのままの意味です。息子さんの魂魄を送りだすためにも、お願いしたいんですよ」

簪の先端を指の腹に突き刺して血を滲ませると、水の中へ手を浸した。すると今朝と同じように泡沫が滝壺の底から湧きあがり、水面が波打ち始めた。辺りの空気が氷室の中にいるように冷えはじめる。

幽鬼の気配を強く感じる。――いる。間違いなくここに、潘清翔が。

素月は水に浸していないほうの手で、貫永に手を伸ばした。来い、と青みを帯びる目で訴えかける。貫永は唾を飲み込み、卓跋の上から退いて立ち上がった。そして素月の傍へ足を進める。

「あなたの血を、わたしと同じように水の中へ。あなたの血を混ぜ合わせることで、わたしが媒介となって息子さんとあなたを繋ぎます。あなたは息子さんの肉親。血と魂魄の繋がりが、あなたを息子さんの元へ導くでしょう。ただし、ほんの僅かな間でしょうが」

貫永は意を決し、手にしていた短刀で自身の掌に傷をつけた。そして素月を真似て、手を水に浸す。すると波打っていた水面は急速に円を描き始め、滝壺の真ん中に渦が巻き始めた。視界がいつの間にか白い靄で覆われていき、激しい滝音も聞こえなくなった。今、素月の視界に映っているのは、渦と貫永のみだ。

「お父さん」

渦の真ん中から声がしたと思ったら、そこには頭を両手で支えた少年の姿があった。

「清翔！」

貫永は泣きそうな声で叫んだ。清翔は穏やかに微笑みながら、父親を見つめている。彼の眼は、愛情に溢れた優しい目をしていた。

「ごめんね、お父さん」

「謝るのは、おまえじゃないだろうっ」

「でも、お父さんをそんな風にしてしまったのは、やっぱり、僕が原因だから。……だからもう、大丈夫だよ。僕はもう、ちゃんと旅立てる。もう……いいんだよ」

そう言うや否や、清翔の体が蛍火のように煌めく光の粒に包まれていく。貫永は必死に手を伸ばして清翔を掴もうとした。けれど二人の距離が縮まることはない。貫永はその場から動くことを許されていない。生者と死者は交わることができない。それがこの世の掟。これが素月にできる限界だ。

——刹那だとしても、この世とあの世の境目で両者を繋ぐこと。

ふと、清翔が素月を振り向いた。光に包まれる最中、彼の口が何かを紡ぎ、微笑んだ。そして清翔の体は光の矢となって、天に向かって飛んでいった。

ありがとう。

彼の唇は、そう動いたような気がした。

白い靄が晴れて視界が元に戻る。素月の傍では貫永が膝を折って岩場に崩れていた。短刀を手放して涙を流している。その涙には、どんな感情が籠もっているのか。素月は短刀を拾い上げると彼に尋ねた。

「これはまだ、必要ですか？」

返答はなかった。だが、もう不要なものだと判断した素月は耀天に手渡した。

「……会えたのか、潘清翔に」

「ええ」

「あれは、何をやったんだ」

「言った通りで、わたしが媒介となって二人を繋いだだけです。赤の他人同士なら無理ですが、肉親は血の繋がりがありますから」

「血の繋がり？」

「血の繋がりなくして命の誕生はあり得ないでしょう？　つまり、血の繋がりは魂魄の繋がりでもあるのですよ。わたしはそこに、ほんの少し力を貸したまでです」

説明し終えると同時に、素月の腹がぐるぐると鳴った。耀天はいつもの呆れ顔になり、素月の腹を見下ろす。

「おまえ、本当によく腹が鳴るな」

「だから、体力使うんですってば。一体、どれだけ力を——」

力を、使うと思っているんですか。

そう言おうとしたのだが、素月の視界がぐらりと揺れて、言葉はそこで切れた。

（しまった……。続けて、力を使いすぎた）

意識が遠のいていく。前に倒れ込む素月の体を、驚いた耀天が咄嗟に支える。

おい、しっかりしろと彼が叫んでいるが、こうなってしまったらどうしようもない。体力が回復するまで身体を休めるしかないのだから。

素月は意識を保つことを諦め、瞳を閉じた。

＊＊＊

『素月。おまえはまだ、人が嫌いか』

いつかの暁陽の声がする。

あれは確か、囲炉裏を二人で囲み、仕留めた鹿を捌いて鍋で煮ていた時のこと。素月はまだ幼くて、冬の寒さで火傷痕が疼いていた頃の話だ。

嫌いです、と間髪を容れずに答えたのを素月は覚えている。暁陽のことは好きだが、素月にとって人は憎悪そのものだ。

すると彼女は、困ったように笑った。

『正直者だな』

『本当のことですから』

『けどね、素月。おまえがわたしに気を許しているように、他にも誰か、おまえが信頼できる者が必ず現れる。おまえを信頼してくれる者も。だから、人を理解することを諦めてはいけない。もちろん理解できないこともあるだろう。それはそれでいい。所詮他人なのだから。けれど人と向き合う努力は怠るな。それを忘れてしまえば、おまえはいつか、おまえが憎む人間と同じになってしまうからね。肝に銘じておきな』

『……そんな人は、現れないと思います』

『そうでもない。案外、突然現れるものだ』

　暁陽は赤い瞳を優しく細め、素月の頬にある火傷痕を労(いた)わるように撫(な)でた。指先から伝わってくる温(ぬく)もりに、ほんの少し、疼きが和らいだ気がした。


「――あら、起きたわね」

「良かったぁ」

　素月が目を覚ませば、二人の人物が素月の顔を覗き込んでいた。色気たっぷりの水藍と可愛(かわい)らしい麗雪だ。どうやら自分は寝ていたらしい。大きく欠伸(あくび)をして起き上がる。

「ここは？」

「亭よ。気分は悪くないかしら」

「大丈夫です」

　辺りを見回せば、以前素月が着替えをさせてもらった部屋のようだ。窓枠からは日の光が差し込んでいる。確か、昨日意識があった時はまだ夜だったから、既に朝日が昇っているということか。どうやら気を失って眠りこけていたらしい。

　水藍が素月の顔色を確かめ、大丈夫そうね、と頷(うなず)く。

「全く人使いが荒いのよねぇ、耀天って。わたしは検屍官(けんしかん)であって、医者じゃないのよ」

「そりゃ悪かったな」

不機嫌な面持ちで扉を開けて入ってきたのは耀天だ。

「気分はどうだ」

「とてもお腹がすきました」

「だろうと思って持ってこさせた」

耀天の後ろから、雷文と白淵が蒸籠を抱えて入ってくる。素月は嗅ぐような仕草をした後、それが何か察してごくりと唾を飲み込んだ。

「肉饅頭！」

「おまえは犬か」

「放っておいてください」

二人が蒸籠を差し出すや否や、素月は飛びつくようにして蓋を開ける。中からふわりと湯気が立ち、食欲をそそる香りが鼻をくすぐる。

「いただきます！」

素月は手を伸ばして肉饅頭を摑むと、勢いよく齧りついた。

「……こいつ、どんだけ食い意地張ってんだよ」

「いやあ、見事な食べっぷりだね。蒸籠一つ分じゃ足りないと言っていたのは、本当のようだ」

雷文と白淵がそれぞれの感想を呟く。肉饅頭を食べながら、どういう意味だと素月が首を傾げると、耀天が横から説明してくれた。

「おまえの情報を知る者は誰もいないからな。だから、茶房の店主に聞きに行ったんだ。そうしたら、飯をたらふく食わせたら回復すると教えてくれてな」

なるほど、そういうことか。

「それは、おてす……かけ……ました」

「食べながら喋るな」

そして素月はあっという間に全ての肉饅頭を食べ終え、ふう、と満足げな息をついた。

「一瞬で消えたわ。すごいのねぇ、あなた」

「こんなにも早く食べる人、初めて見たかも」

「もうちょっと必要だったかな」

各々が感想を述べる中、膨れた腹を摩ってのんびりしている素月に耀天が視線を向ける。

「満足したか」

「腹八分目くらいは満たされたかと」

「それで八分目か。……おまえ、力を使うとああなるのか」

「時々ですよ。今回は続けて力を使ったので、そのせいかと。食事をたらふく食べたら回復しますから、気にしないでくださいね」

そこで素月は「あ」と思い出したように、目をぱちくりとさせた。自分の空腹を満たすことで精一杯で、貫永と卓跋のことをすっかり忘れていた。

「そういえば、あの二人はどうなったのでしょうか」

「二人の身柄は刑部に移された」

罪人は捕吏たちに捕縛されると刑部に移され、調べを受ける。その後どのような刑罰を受けるべきかは、大理寺で審議されることになる。

法に刑を委ねたところで、死者やその遺族は満足できるのだろうか。素月には、やはり分からない。けれど耀天があの場で素月に向けた言葉も一理ある。

合法的な復讐——それが刑罰。

そんな考え方を素月はしたことがなかった。

眠りの中で耳にした、かつての暁陽の言葉が蘇る。

『けれど人と向き合う努力は怠るな。それを忘れてしまえば、おまえはいつか、おまえが憎む人間と同じになってしまうからね。肝に銘じておきな』

素月は耀天の瞳を見つめる。獣のような危なっかしい目をしながらも、綺麗事——正義を守ろうとする真っすぐな目。彼はどんな状況でも、それを守るのだろうか。

その真っすぐな信念が、いつか彼自身を滅ぼさなければ良いのだが。

（……ん？）

そこで素月はふと首を傾げる。どうして今、自分は耀天を心配したのだろうか。

「ねぇ素月さん！」

麗雪に名を呼ばれて、抱いた疑問は一瞬にして立ち消えた。

「本当に幽鬼っているんだね。姿形は見えなかったけど、あんな不思議な現象は初めて見たよ。ねぇ水藍、すごかったんだから！　こう……水がうねって、それが渦になってね！」

「それ、聞くの三回目よ。もう聞き飽きたわよ」

「何回でも言いたいのっ」

頰を紅潮させる麗雪に、素月は素直な疑問を投げかける。

「あの」

「なに？」

「気味が悪くないんですか？」

「ううん。むしろすごい力だなって思うけど」

素月の顔は、豆鉄砲を食った鳩のようになった。

「変わってますね。あなたにしろ、耀天にしろ」

「そうかな。わたしたちからしたら、とってもすごいと思う。方術って、修行したら誰でも身に付けられるものなの？」

「それは無理ですね」

「じゃあ生まれつき？」

「いえ」

「なら、どうやって？」

麗雪を含め、耀天たち全員が素月の答えに耳を傾けている。

生まれつき——か。そういえば、前に一度耀天が問いかけたことがあったか。

あの時は、こんな長い付き合いになるとは思っていなかったから、答えなかったが。

足元から這い上がってくる炎の感触を思い出しながら、素月は灰色の目を僅かに伏せた。

そして仄暗く笑う。

「わたしはあの世に一度、足を踏み入れてしまった人間だからです」

第三話　業火の記憶

閉ざされた真っ暗な空間。何人もの出荷待ちの子供がそこに捕らわれていた。

自分もその一人だった。

街で兄たちと逸れて迷子になり、そこを人攫いによって攫われた。まさかこんなことになるなんて、誰も思いもしなかった。

『大丈夫、大丈夫だよ』

震える自分の手を握り締め、己も窮地にありながら励ましてくれた優しい少女。

優しく、温かな手だった。ひどく冷えた指先に熱を分け与えてくれた。

けれど数日後に、彼女は目の前で死んだ。自分を庇ったが故に。

自分の存在がなければ、彼女は今もどこかで生きていたかもしれない。他の子供たちも。

もちろん自分と同じく助かった子供もいるが、それでも彼らが死んだ事実は変わらない。

『いつまでもめそめそ泣いてんじゃねえよ、小僧。泣く暇があったら、自分に何ができるのか考えろ。死んだ人のために前へ進めっての』

そして業火の中から、自分を助け出してくれた男。屈託のない太陽のような笑顔が今でも忘れられない。剣だこだらけの大きな力強い手が、自分の背中を前へと押し出した。

――それから、自分のすべきことが定まった。

彼と同じ捕吏になる。始まりはそこだと決めた。初めから与えられた道を歩んで何になる。


けれど現実は残酷だった。

憧れて追いかけ続けた彼を、助けるどころか自分が殺してしまったのだから。

結局、自分はいつも誰かの犠牲の上で生きている。

でも、彼は最後にこう言った。

『犠牲なんかじゃねえよ……。誰かが、後に繋いでいくだけの話だ。ただ、それだけのことった。だから――生きて、繋げ』

その言葉の重さは、今も変わらず耀天の中にあり続けている。


皆が寝静まる夜半、耀天は屋敷の正房で本を読んでいた。眠ったはずなのに、昔の夢を見て目が覚めてしまった。時々あるのだ、こういった夜が。

耀天は本を閉じると、灯はそのままにして中庭へ出た。

ついこの前までは、涼しく心地よいと感じていた夜風が、いつの間にか肌寒く感じる。

夜空には青く澄んだ月が浮かんでいて、どうしてか居候である素月を思い起こさせた。

正房と反対側に位置する倒坐房で、彼女は寝泊まりをしている。

この辺り一帯の屋敷は中央に中庭があり、中庭の四方にそれぞれ居住区がある。北の正房には主人である夫婦が、西と東の廂房には子供や親が住む。南にある倒坐房には使用人が住み込みで暮らしている。

だが耀天の場合は一人で暮らしていたため、屋敷内はがらんどうである。

廂房は西、東どちらも空いている。だから使用すれば良いと言ったのだが、耀天たちの親族の空間だからと素月は頑なに断った。

（そういえば、明薇も断っていたか）

幼い頃から身の回りの世話をしてくれている珀明薇。昔から耀天には過保護で、実家を出ても彼女は無理やり耀天についてきた。

彼女は非常に口煩いが働き者なので、自分としては助かるが、いつまでたっても坊ちゃん扱いだ。そんな彼女が年のせいか腰を痛めたため、家に一旦帰したところだった――

素月と出会ったのは。

『あの世に一度、足を踏み入れてしまった人間だからです』

彼女が発した、静かで禍々しい空気。あの場にいた全員が息を呑んだ。そして感じたのは拒絶――簡単に踏み込んでくるなという。

麗雪が慌てて場の空気を変えたが、耀天はそれ以来、彼女が抱える闇が一体何なのかふと考えてしまう。

人を信用するしないの問題ではなく、彼女は人そのものを憎んでいるのではないだろうかと。彼女の火傷痕——あれは事故ではなく、人によってもたらされたものであったとしたら。

(……いや、勝手な憶測だ)

だが、どうにもそれを払拭できない。もし本当だとしたら、一体どのような経緯があってそうなったのか。

素月の過去が気になってしまうのは、自分の過去を思い出してしまったからかもしれない。

最近都では、少女が行方不明になる事件が報告されている。上司から調べるよう指示が出た。

現時点で、彼女たちの死体が見つかったという情報はない。となれば、攫われたとみるのが妥当か。否が応でも、過去の記憶が蘇る。

目の前で無残に散らされた儚い命。そして無力で愚かな自分。

耀天は自嘲すると、正房へと踵を返した。

＊＊＊

「おはようございます。何かありました？　顔、いつもより怖いんですけど」

朝餉を運んできた素月は、耀天に向かって開口一番にそう言った。たいてい仏頂面をしている耀天だが、今日は目の下にくっきりと隈ができていて、一段と不機嫌そうだ。

「元々こんな顔だ、悪かったな」

「隈ができているので、よりいっそう極悪人に見えますね」

「うるさい、放っておけ」

二人は手を合わせて食事を始める。

「もしかして悪夢にでも魘されましたか。何も取り憑いてはいないようですけど」

「考え事をしてたら眠れなかったんだ。ていうかなんだ、取り憑くって」

「幽鬼が執念深く、特定の人に纏わりつくんですよ。たとえば男女間の嫉妬心から取り憑くこともありますし、金銭問題で金を返せと取り憑くこともありますね」

「俺には関係ない」

「あら、断言しちゃいますか。でも確かに、あなたには何も取り憑いてませんね」

素月の言葉に、耀天は突然神妙な顔をして箸を置いた。

「……本当に、取り憑いてないか」

「はい？」

「要するに、恨んでいたら取り憑くことがあるんだろ」

「そうですね」

「俺には今、本当に誰も取り憑いていないのか」

一体この男は何が言いたいのだ、と素月は怪訝そうに目を細めた。

「取り憑いてないですよ」

もう一度言うが、耀天の表情はどうしてか晴れない。

「一体何なんですか。取り憑いていて欲しいんですか？」

「そういうわけじゃない」

「じゃあ、どうしてそんな冴えない顔をしてるんですか」

「……さあな。自分でもよく分からない」

深く長いため息をつくと、耀天は食事を再開した。

本当に何が言いたいんだと、素月は疑問に思いながらもそれ以上は追及せず、黙々と食事をとることにした。

その後素月は、耀天を送り出して玉春の茶房を訪れていた。本来の仕事のためである。

玉春が店を訪れる客に宣伝してくれているようで、仕事の依頼が初めて入っていた。

「玉春、ありがとうございます」

「気にすることないさ。あんたのおかげで、こっちも店が繁盛すれば願ったり叶(かな)ったり。だから、評判あげて客をたくさん呼んでもらわないとね。じゃないと、そのうち賃料ふっかけちまうよ」

背筋を震わせる素月に、揶揄(からか)うように片目を閉じて、土間へ去っていく玉春。

(玉春はしっかり者だ)

年齢は素月より七つほど上だったか。いつも明るくて元気で、大輪の花が咲くような笑顔が印象的だ。そんな彼女に会うために、ここへ通う者もいる。

(笑顔、ねぇ)

依頼人が通されている一室へ向かいながら、素月は自分の口元を指でふにふにと弄(いじ)る。どうしてか自分の笑顔というのは、愛想笑いのようなとってつけたものでしかない。あんな風に笑うことができていたなら、自分の人生は大きく変わっていただろうか。

いや――。自分の人生など、母親の腹の中にいた時から決まっていたか。

素月は過去を振り払うように頭を振ると、どこからか「あらぁ?」と艶のある声がした。どこかで聞いたことのある声だ。

きょろきょろと目を動かせば、素月に向かって片手を振る美女がいた。

「あ、水藍(すいらん)さん」

「はぁい」

ぽってりとした色気のある唇に、今にも零れそうな豊満な胸元。

彼女が検屍官であるとは誰も思うまい。男性客の視線がちらちらと彼女に向いている。

「何してるんですか？」

「もちろんお茶をいただいているの。最近、耀天の奴にこき使われてたからねぇ。美味しいお茶と饅頭で気分転換」

「なるほど。今日はお勤め大丈夫なんですか？」

「多分ね。今はほら、耀天たちは失踪事件にかかりっきりだから」

「失踪？」

「聞いてないの？　街で少女が突然姿を消してるんですって。わたしは遺体がでない限り出番はないから。素月ちゃんは？」

「わたしは今から仕事です。ここの一室を間借りさせてもらってるんで」

「あらそうなの。引き留めて悪かったわね」

「いえ」

素月は軽く頭を下げて水藍の元から去っていく。彼女の場合は、検屍官というより妓女と言われた方がしっくりくる。人は見た目では分からないものだ。

それにしても今度は失踪事件か。耀天も毎度駆り出されて大変だな。だが犯罪のない世の中など、どこにもないだろう。

　素月は間借りしている部屋の前にくると、軽く扉を叩いてから中へ入った。

「遅れて申し訳ありません。方士の段素月と申します」

　部屋の中にいたのは、白髪が交じった中年の男だった。顔は今朝の耀天と同じで、やつれているように見えた。目の下には隈がくっきりと現れ、頬がこけている。

「あ、あの。姚鴻文と申します」

　男は素月の火傷痕を見て驚き、視線を逸らしながら自身の名を告げた。素月は意に介さず、席について彼と向き合う。

「今回のご依頼とはどういったものでしょうか」

　まずは世間話をして場の空気を和ましてから、本題に入る——なんてことは素月にできない。余計な会話が嫌いな素月は単刀直入に尋ねた。

「それが、その」

　素月に相談しにきたはずなのに、男はどうしてか言い出しづらそうだ。言おうか言うまいか、ここまで来て迷っているような。

「あのー、失礼ですが相談しに来られたんですよね」

「そ、そうなんですが……。いざ、説明するとなると心苦しくて」

　心苦しいとは、一体どういう意味なのだろうか。

「心苦しいとは？」

するとと鴻文は素月の目をちらりと見て、ばつが悪そうに身を縮めた。

「最近、夢見が悪いんです。それも、自分だけではなく、家族の皆が」

「夢見、ですか」

「はい。……その、ですね。ひと月ほど前に、息子が病で亡くなったんです」

「それはお気の毒に」

他人に興味のない素月であるが、社交辞令として労いの言葉くらいは添えた。

「まだ十五で、これからだというのに……」

「つまり、息子さんが夢に出てくるということですか？」

「いえ、それは違います」

ならどういうことだ、と目で問いかければ、なぜか彼は気まずそうに視線を逸らした。

「悪夢の原因は……その。息子の冥婚の相手が原因かと」

冥婚、という言葉に素月は何となく事情を察した。鴻文が終始、ばつが悪そうにしている理由も。

冥婚——この国では死者同士の婚姻を意味する。

国では、未婚の男女をそのまま墓に入れると先祖に忌み嫌われるという言い伝えがある。

そんなわけあるかと素月は思うのだが、どうしてか人々はそれを信じている。なんでも子孫を残す義務を果たしていないからだとか。そのため死者同士を結婚させ、形だけでも整えて墓に入れるのだ。

つまり鴻文は、病死した息子のために亡くなった女性を迎え入れ、死者同士を結婚させたというわけだ。

ただ、花嫁をどうやって手に入れたかが問題だ。

正規の手順――鴻文と同じく、冥婚の花婿を求めている家があるのなら話は簡単だ。互いに求めているものが一致するのだから。そして冥婚に同意した家同士は親戚となる。

しかし、そう簡単に伴侶となる遺体は見つからない。伴侶を用意するために他所の墓を暴く者もいるという。

「さては、墓から遺骨を盗みましたか」

素月は遠慮なしにずばりと言った。

「ち、違う！　それはしていないっ」

「なら、何をされたのでしょうか」

「そ、それは……」

男は額に浮かぶ脂汗を手で拭い、重々しそうに口を開いた。

「……買ったんだ」

「遺体をですか」

男は力なく頷く。

「それは、誰から」

「媒人、から」

「媒人？」

「冥婚の伴侶を見つけ、子を失くした互いの両家を結びつける者たちだ。わたしも依頼した。……だが、中々見つからなくて諦めていた。そうしたら、わたしが息子の花嫁を探していると聞きつけた、別の媒人が訪ねてきた。亡くなったばかりの、身寄りのない遺体があると言われて……。金さえ払ってくれるなら、すぐにでも引き渡すと」

「え、怪しすぎるでしょう。それなのに大金を払って、誰とも分からぬ女性と冥婚させたんですか」

驚く素月に、鴻文は頭を抱えた。

「綺麗な遺体を見つけるのは中々難しいんだ。妻も、彼女なら息子も喜ぶだろうと」

「遺体に綺麗さを求めてどうするんですか。人は誰でも死んだら腐敗していくものです。罰が当たりますよ。あ、だから今当たってるんですかね」

ぐさりと突き刺すように言えば、鴻文はついに卓に突っ伏してしまった。

「ということは、ご遺体は本当に亡くなったばかりだったんですね」

「あぁ。豪奢な花嫁衣裳まで着せられていた。病で亡くなったと聞いていたが、遺体はふっくらとした可愛らしい少女だった。ただ、どういった経緯でわたしの元へ回されたのかは分からない」

「二人を冥婚させたのはいつ頃なんですか」

「十日程前だ。……それからだ。彼女が度々夢に出てきて、責め立てるような目でじっと見てくるんだ」

素月は呆れて、気が付けば嘆息していた。

息子の冥婚相手を見つけるために、大金を払って、素性がはっきりとしない少女の遺体を買い取るとは。人なんて死ねばそこで終わりだろうに。死んでから見ず知らずの他人と同じ墓に入れられるなんて、自分なら御免だ。

まぁ自分の場合は火傷痕があるから、冥婚の伴侶に選ばれることもないだろうが。

「おそらく、少女の幽鬼が夜な夜な枕元にでも立っているんでしょう」

「そんな！」

「幽鬼は何かを訴えているからこそ、色んな事象を引き起こすんですよ。つまり、あなた方の夢を介して何かを訴えたいんです」

「どうすればいいんだ」

「少女の訴えを聞くのが一番ですねぇ。今、あなたの側に幽鬼の気配はありません。少女の遺体が眠る墓にでも行ってみましょうか。そこに彼女の遺体があるなら、何か解決の糸口が分かるかもしれません」

「ぜひお願いしたい。今からでも可能でしょうか」

「ええ」

素月は頷き立ち上がったが、そこでふと疑問に思った。

(そういえば、遺体は綺麗でふっくらしていたって)

病で亡くなったというのに？　それとも病で急死したのか。

妙な違和感に素月は首を傾げる。

幽鬼から詳細な話を聞きたいところだが、そう簡単に全てが分かったためしがない。

素月は幾ばくか考え込み、無理な願いかもしれないが鴻文に尋ねてみた。

「あの、少女の遺体を見てもよろしいでしょうか」

「それは……墓を、掘り起こすということでしょうか」

「気になることがありますので」

鴻文はかなり渋ったが、最終的には頷いた。

「ただ、決して口外しないでいただきたい。墓を暴くことは、身内であっても罪になります」

「もちろんです。あと、もう一人連れていきたい人がいます」

素月は、偶然この店に居合わせた人物を脳裏に思い描いていた。

＊＊＊

「わたしは休暇だって言ったのに、なぁんで墓を暴かなきゃいけないのよ」

不貞腐れた水藍を引きつれ、素月は姚家の墓前に立っていた。

悪夢に魘されるという姚家の面々が、青白い顔をして棺を掘り起こしてくれる。彼らは皆、夜な夜な魘されているようで、墓を暴きたいと言っても、思うところはあるだろうが黙って協力してくれた。というより、皆が覚悟していたような気もする。

この辺り一帯は姚家が所有する土地で、誰も近づかないとのことだ。

「こういうことするの、本来ならお偉いさんの許可がいるんだからね。……でも、ちょっと怪しげな遺体には興味出ちゃうわよねぇ」

水藍が目を細めて舌なめずりする。

「検屍が好きなんですか」

「そうね、割と好きよ。何が隠されているのか、暴いてやりたいって気になっちゃうのよね」

「暴く、ですか」

「ええ。検屍は捜査の上で大事な初動。検屍判定の過ちは、真実を曇らせ、誤った方向へ捜査を導いてしまうもの。だからわたしは、徹底的に暴きたいのよ。……そもそも人の秘密って、本能的に知りたくなっちゃうじゃない？」

「そうですか？　わたしは興味ないですね……。むしろ知ってしまうことで、巻き込まれたら面倒なんで」

「あら、寂しいことというのね。わたしはそんなあなたにも興味があるのに」

「え？」

水藍は静かな目で素月を流し見た。

「幽鬼とは向き合うのに、どうして生者とは距離を置こうとするのか……とか。その火傷痕と何か関係あるのかしらね」

遠慮のない鋭い指摘に、素月は肩を竦めた。

「困った職業病ですね」

「ふふ。でも、せっかくあなたが仲間に入ったんだもの。少なくともわたしは、あなたを理解して付き合っていきたいと思うわ。多分、耀天もそうだと思うけど。……あら、やっと遺体とご対面できそうね」

水藍と話し込んでいる間に、木棺が姿を現していた。

（仲間……。わたしが？）

自分はただ、力を貸しているに過ぎない。仲間ではない。仲間になるつもりもない。幽鬼のためにやっていることだ。

棺の蓋を鍬でこじ開けた姚家の面々は、死臭に耐え切れず、鼻を袖で押さえてその場から遠のいた。棺から漂う死臭は、息を吸うたびに胸へと入り込んでくる。

素月は水藍の横に並び、棺の中を覗き込んだ。

棺の中には、十五歳くらいの少女の遺体があった。朱色を基調とした豪奢な花嫁衣裳に身を包み、頭には同じ色で合わせた頭巾を被っている。

腐敗が始まっているのか皮膚は膨隆し、臭汁が鼻と口から流れ出ていた。

辺りを見回すが、今のところ幽鬼の気配は感じない。

この少女が一体誰で、どこからやってきたのか。素月は物言わぬ遺体をただ見下ろした。

「予想していたより綺麗ね。土中だからかしら。悪いけど、桶に水を張ってきてくれます？　手を洗う時に必要なんで。あと、鋏もお願いします」

水藍は姚家の者に手早く指示すると、たすきをかけて色白い腕を露わにした。そして素月を振り向く。

「この子の幽鬼はいるの？」

「今は気配を感じません。……ですが、日が暮れたら現れるのではないかと。皆の話を聞くと、どうにも夜に現れるようなので」

「ふうん、そういう場合もあるのね」

「幽鬼はそれぞれに違いますから」

「なら、それまでに仕事を終わらせましょうか。とはいえ正規の手続き踏んでないから、簡単にしかできないけど」

水藍は、鋏と水を張った桶を受け取ると、姚家の人々に家の中で待機しているように命じた。

どうしてかと尋ねると、

「あまり他人が見るものじゃないし、遺体の彼女にも失礼でしょ？　この子は見世物じゃないんだから」

と真剣な表情で答えた。

「悪いけど、服を切るわよ」

そして一言断り、花嫁衣裳を遠慮なく切っていく。襟元から足先に向かって、真っすぐ縦方向に。そして切り終えると、服を左右に開いた。

そこで水藍はあるものをすぐに見つけ、可笑しそうに笑った。

「あらあら。どこが病死なのかしらね」

水藍の視線は少女の首元に注がれている。素月は首を傾げて覗き込んだ。

「なんですか、それ」

皮膚の色は全体的に青黒い色をしているが、首の一部が妙に色濃い。

「何かで首を絞められた跡、かしらね……」

素月は目を瞠った。

「本当、すんでのところね。腐敗がさらに進んでいたら、跡が分からなかったかも。この花嫁衣裳、襟首が詰まっているじゃない？　わたしの勘だけど、わざとこういう種類を選んだんじゃないかしら。跡が見えないように。……でも、おかしいわね」

「何がですか」

「抵抗した痕跡がないわ」

「抵抗？」

「人は首を絞められるとね、苦しさで抵抗するものなのよ。犯人の手や紐を解こうとして、犯人の手に傷をつけたり、自分の首に爪を立ててしまったり。といっても、自分で首を吊る時は分からないけど」

呟きながら、首、胸、腹、と順番に視線を滑らせる水藍。彼女は次に、遺体の両腕を露わにした。すると両手首には擦り切れたような傷痕がある。

「……これは」

「何かで拘束されていたのかしら」

「じゃあ、拘束されて首を絞められたってことですか？」

「その可能性も十分あるわね。抵抗できなかったのなら、首に傷痕がないのも納得できるわ」

　そして水藍は、少女の両足を広げて陰部を覗き込む。素月は思わず「何してるんですか」と声を上げてしまった。

「何って、視るのよ」

　ごく当たり前のように彼女は言う。

「視るって、何を」

「凌辱されたかどうか。これはとても大事なことよ。とはいえ、時間が経過しているからどこまで分かるかしら」

　水藍の言葉に息を呑み、素月は顔を背けて彼女の見解を待った。このまま眺めているのは、さすがの素月でも気が引けた。

　ある程度調べ終え、顔を上げた水藍の眉間には深い皺が寄っている。

「断言できないけど、一部、裂傷しているようにも見えるわね」

　反吐を吐くように水藍は言った。素月の口の中が、急速に苦みを帯びる。何も言えなかった。胸が重苦しく、暗澹たる思いが体の中を渦巻いた。

　それから水藍は素月の手を借りて、遺体を一通り調べ終える。

　最後に少女の遺体に服を被せて棺に蓋をすると、水藍と素月は無言のまま手を洗った。

　二人が見上げた空は、いつの間にか夕焼け色に染まっている。

「これは、どうしたらいいのかしら。明らかに異状な死体よ。事件として取り扱うべきだけど、墓を暴いたことが公になってしまうし……。一旦持ち帰るしかないわね」

「はい」

「とにかく、わたしは家の人たちを呼んでくるわ」

素月は頷（うなず）いて彼女の背を見送る。

なんだかどっと疲れた。幽鬼と向き合うことはあれど、死体とあそこまで向き合うことはない。

素月は傍（そば）にある棺に視線を落とす。

どこの誰かも分からない、憐れな少女。誰かに命を奪われた挙げ句、見ず知らずの伴侶と冥婚させられる。人はどうしてこうも、残酷な目に遭わなければいけないのか。

「……あなたは一体誰なんですか。どうしてこんな目に、遭ったのですか」

夕日が山の向こうに沈む。素月は知らず知らずのうちに呟きを洩（も）らしていた。

すると、かたり、と何かが動いた音がした。

背筋を這（は）いあがる奇妙な感覚に、素月は反射的に体を強張（こわば）らせた。

(何か、動いた?)

ここには素月しかいない。いや——違う。棺に入った少女の遺体がある。

恐る恐る、素月は棺に視線だけを向けた。棺の蓋は、先程水藍と二人で閉じた。ただし釘(くぎ)はまだ打っていない。

よく見れば、棺の蓋が動いていないか。僅かだが隙間ができている。

――いるのか、今、そこに。

縫い留められたように視線を動かせない素月。かたり、とさらに蓋が動いた。そして素月の足元をまとわりつく冷気。

素月は確信した。今、そこにいると。

急いで簪(かんざし)を手に取り、中の針を指の腹に突き立てる。そして血を数滴、棺の中へと落とした。

ぶわり、と棺の中から冷気が湧き起こる。冷気は一瞬にして蓋を押し上げ、地面へと払い落とした。蓋が地面にぶつかり重々しい音が響く。

素月の目の前には、いつの間にか遺体と同じ姿をした少女の幽鬼が立っている。

彼女は泣いていた。顔を苦痛に歪(ゆが)めて。

「すみません、棺を暴きました」

素月は気が付けば謝っていた。少女は泣きながら首を横に振る。

「いいの……。あなた、わたしが見えているのよね」

「ええ」

少女の声がはっきりと聞こえる。まるで生きた人間と話しているかのように。彼女が亡くなってから、日がさほど経過していないからだろう。

涙に濡れた目が、おずおずと素月に向けられる。

「見えているのなら、お願いがあるの」

「え？」

「わたし、お父さんとお母さんの元に帰りたいの。わたしの名前は劉蓮花。家族と一緒に都に買い物に来て、一人分かれて市場を回っていたら、あの店で――」

「あの店？」

少女は後悔するように唇を噛んだ。

「織物屋だった。そこでわたしは気を失って、気が付いたら、攫われて……。縄で拘束されて、あの男に……犯されて……！」

少女は自身の体を抱きしめるようにして蹲った。彼女の体は激しく震えている。

目は落ち着きなく左右に揺れ、もはや素月のことなど映していない。

「それで、わたしは、殺された――。なんで、わたしが、あ……あぁ、あぁあああああ！」

けたたましい悲鳴が上がった。空気を切り裂いてしまいそうな悲痛な叫びだ。

素月はたまらず彼女に手を伸ばした。けれど何も掴めない。彼女の姿は靄に包まれるようにして消えてしまった。

叫びの残響が耳の奥に纏わりついて離れない。

もう一度接触してみるか。しかしもう気配はない。出てきてくれたとしても、あの様子だときっとろくな会話は望めない。

思い出したくないこと──凌辱されたことなど、誰も思い出したくないだろう。自分の辛い記憶を辿ることほど、苦痛なものはない。

逡巡したあと、素月は少女の髪を一房切り取って巾着の中へとしまい込んだ。そして棺の蓋を一人で戻し終えると、鴻文たちを連れて水藍が戻ってきた。

「ちょっと、また蓋を外したの？」

「違いますよ、幽鬼が自分で勝手に退けたんです。先ほど、彼女の幽鬼と接触しました。短い会話しかできませんでしたが」

皆は驚いて石のように固まる。素月は依頼主である鴻文に目を向けた。

「彼女は病死などではなく、何者かに市場で攫われた上に殺されたようです。どういう経緯があったのかは分かりませんが、最後には冥婚の商品として売られてしまったようですけど」

「……そんな」

すると次に水藍が、素月の言葉を補填するように説明し始める。

「わたしが検分したところ、首を絞められ殺されたと思われます」

「絞め殺された……？」

「ええ。あなた方は彼女の遺体を買いに行ったとき、触れることはしなかったのでしょう？　なにせ遺体は不浄である、と遥か昔から教えられていますもの。おそらく媒人はそれを逆手にとって、絞められた痕跡がある首元を、襟ぐりが詰まった衣裳を着せて痕を隠していたんじゃないかしら。遺体が売買された後は、棺が開かないよう釘を打ってしまいますから、もう誰にも分からない。それに埋葬後に棺を開けるような人間、普通はいないじゃない？」

鴻文の顔から血の気がなくなる。彼の親族たちも。

水藍も少女が凌辱された可能性は伏せている。彼女なりの、亡くなった少女への配慮だろうか。

それにしても、と素月は溜め息をつく。この件は一体どう対処すれば良いのだろうか。両親を探し出して遺体を返すにしても、娘が遺体になって帰ってくるなど思いもしないだろうし、何より遺体が密かに売買され、見知らぬ男と冥婚させられているだなんて。普通なら、卒倒するだろう。

何より困ることは、遺体を両親の元に返したら、自分たちが墓を暴いたことが公になってしまうことだ。

「あの、水藍さん。わたしたちは、どうするべきなんですかね」

とりあえず水藍に尋ねてみる。

「うーん……。一か八か耀天に相談してみる？　大きな雷を落とされるだろうけど。でも、案外繋がってる可能性だってあるし、そうだったら雷どころか大きな手柄になるかも、なぁんてね」

「どういう意味です？」

素月が首を傾げると、水藍は頬にかかる髪を耳にかけて口端を持ち上げた。

「あなた、言ったじゃない？　少女は市場で攫われたって。耀天たちは今、失踪事件を調べてるのよ？」

素月はようやく合点がいき、なるほど、と頷いた。

棺は鴻文たちに再度埋葬してもらい、素月と水藍は事件のあらましを説明するために亭へ戻ったのだが。

「──おまえら、一体何やってんだ！」

話を聞き終えた耀天に、予想通り雷を落とされた。彼の眉間には深い皺が刻まれている。

「あらぁ、怒られちゃったわね」

「ですね」

「怒られちゃった、じゃないだろ！　依頼だからと墓を勝手に暴くな！」

「旦那、大声はまずいって」

居合わせた雷文が耀天を窘める。耀天は舌打ちすると、素月と水藍を睨んだ。

「わたしだって悪かったと思ってるわよ」

「自覚がないなら即刻獄行きだ」

「じゃあ、なんとか首の皮一枚繋がってるってことね？」

「……生憎そういうことだ」

水藍は「言った通りでしょ？」と言わんばかりに、含んだ笑みを口元に浮かべて素月を見た。一方耀天は苛立たしげに壁にもたれかかり、腕を組む。

「でもさ、旦那。今まで有力な手掛かりがなかった分、これは好機だったりして」

「……認めたくないけどな」

「あの。失踪事件って、そもそも一体どういう事件なんですか」

何も知らない素月は耀天に説明を求めた。

「言葉の通り失踪事件だ。いや……連続失踪、と言った方がいいか。失踪したのは年齢が十二から十六歳の少女たち。把握している人数だけでも、八人の少女が都で行方をくらましている」

「八人」

「その中に、おまえの口から出た少女の名前があがっている」

耀天は卓に積まれた冊子を取り、とある頁を開いて見せた。そこには行方不明者——劉蓮花と確かに書かれていた。

「攫われた少女の年齢層からして、彼女たちは攫われ、何かしらの商品として売られているのではないかと踏んでいた」

「……商品、ですか」

「こんなこと、誰も言いたくないに決まってんだろ。だが、おまえの話を聞く限り事実だ。——いるんだよ、世の中には。人を人とも思わない、ろくでもない人間たちがな」

耀天は言い終えてから歯を食いしばった。込み上げてきた感情が溢れ出ないよう、自分の中に留めておこうとするように。

(そんなもの、とうに知ってる)

人を人とも思わない人間たち。素月は暁陽に助け出されるまで、そんな人間に囲まれて暮らしていた。人が残酷であることを誰よりも理解している。だからこそ、素月は人間が嫌いだ。でも最近、分からなくなる。

素月は剣呑とした空気を纏う耀天を見遣る。

彼は死んで当然な罪人を、生かして捕らえようとする。自分とは真逆の考えだ。

彼の言っていることは所詮綺麗事。けれど一理あることも理解し始めている。

素月の考えが世にまかり通るのなら、人は永遠と殺し合い、傷つけ合うのだろう。おそらくそれを止めるために存在するのが、法と罰だ。

　彼はそれを理解したうえで、任務をまっとうしようとしている。いくら相手が憎かろうが、彼は耐え忍ぶのだろう。彼の持つ信念を大切にして。今もこうして、何かを堪(こら)えているかのように。

（それにしても、いつもよりも感情的な気がする）

　何が違う、と問われても整然と言葉で説明できないのだが。

　普段の耀天は比較的冷静で、感情に呑み込まれることはない。でも今は、口調は静かなのに、体の奥底で激情が沸々と沸き上がっているような、そんな感じがするのだ。

　すると水藍が耀天の前に進み出て、彼の肩に手を置く。

「そりゃねぇ、世の中にはたくさんいるわよ。ろくでもない腐りきった人間なんて。だからこそ、悪人を捕らえるあんたたちがいるんでしょ。そのためにわたしは死体と向き合う。そして、素月ちゃんは幽鬼と向き合う」

「……水藍」

「だからこその墓暴きってことで、なんとかうまく処理してくれない？」

　水藍は手を合わせて悪戯(いたずら)っ子のように笑った。

「おまえの言いたいところはそこだろ」

「ふふふ」

耀天の張り詰めた空気が緩んだので、素月は無意識のうちに胸を撫(な)で下ろした。

そして事件のことを彼に尋ねる。

「あの、他に分かっていることはないんですか」

「彼女たちが姿をくらましたのは、ここ、西市場の中だということ。だが日中なんで人でごった返していて、どこで攫われたのか見当もつかない。店を構える商人たちに聞きまわっても、人が大勢訪れるものだから、人の顔などいちいち覚えていられないと言われてな」

都の市場は、東と西で分けられる。東は宗室や高官たち向けの市場、西は庶民むけの市場だ。それぞれの市場は四方を高い壁で囲われており、市場の中央には亭が置かれている。ちなみに耀天たちが働く亭は西市場にある。つまり、庶民を相手とした仕事が主だ。

「普通はそうですよね」

「だが、幽鬼――劉蓮花は言ったんだろ。織物屋、と」

「はい」

「なら、流れは変わる」

すると、そこで白淵(はくえん)と麗雪が疲れた表情で戻ってきた。

「捕頭、まったく情報が摑めないよ。疲れたよぉ」

「これといった情報はありませんね」

「もう神隠しじゃないの？　あ、雷文。お茶淹れてよ、疲れたよ。ていうかあれ？　どうして水藍と素月さんがいるの？」

水藍は明後日の方向を眺め、素月は「さぁ」と笑みを浮かべて適当に誤魔化す。雷文は人をこき使うな、と文句をたれながらも湯を沸かしにいった。

「こいつが幽鬼に関する依頼を引き受けて、水藍を連れて墓を暴いたんだ」

耀天の台詞に、戻ってきた二人の表情が衝撃に固まる。

「だが、どういうことだか今回の事件に結び付いた」

「え、どういうこと？」

「つまりだな――」

耀天が二人に掻い摘んで事情を説明すると、麗雪と白淵は目をぱちくりとさせていた。

「そんな偶然ってあるの？　わたし、びっくりなんだけど」

「お手柄といえばお手柄ですが、墓を暴くのはちょっと……。ですが、責めるにも責められませんね。これで、突破口を開くことができるかもしれないのですから」

白淵は耀天の方を振り向いた。耀天は頷き、とある地図を広げる。

「これは？」

「市場の地図を描いてみた。ざっくりだがな」

「ざっくりって……。ざっくりではないでしょう」

「そうか？」

「相変わらず器用というか、記憶力が良いというか。この間の腕輪の絵もそうでしたが、あなたは本当に昔から器用ですね」

耀天が描いたという地図は、西市場の地図だ。南に運河が流れており、北・東・西に門がある。道端には商店が列をなして、業種ごとに集まっている。

東には酒屋や魚屋、肉屋といった食品を扱う店が、西には巫医や薬屋が集まり、南には織物屋や染物屋、化粧品などを扱う雑貨屋が、北には武具を扱う店や両替商などがある。

耀天は自分が記憶している範囲で、綺麗な文字を添えて地図を描き上げていた。

「昔、あいつに散々連れまわされたからな。だいたいは記憶している」

「なるほど」

それを聞いた白淵は苦笑した。

「あいつって誰ですか」

「ろくでもない恩人だ」

言っている意味が分からないが、穏やかな表情の耀天を見る限り親しい間柄なのだろう。

「なら、南側を当たってみるんすか」

茶を淹れてきた雷文は、白淵と麗雪に差し出した。

「わたしたちがちょうどこの辺り――南と西を調べて来たけど、特になんの情報もなかったよ」

　茶を受け取り、空いているほうの手で麗雪が地図を指さす。

　耀天はじっと地図を見つめた。

「雷文。おまえらなら、店中でどうやって誘拐する」

「ええ？　そりゃあ通りに面してるんですから、店の奥に言葉巧みに連れこむかな。外から見られたら厄介っすから」

　雷文が顎を摩りながら答えれば、耀天は頷いた。

　通りに面している商店の奥には、在庫を置いておくための倉庫や、店主の住居がある。

「俺もおそらくそうする。そして何らかの方法で気絶させた後、少女を運び出すならどうする」

「木箱にでも入れて、何らかの手段で運び出すかな。通りは荷馬車も使用できるし。……あ、ちょっと待てよ。もっといい方法があるじゃん」

　雷文は地図上に浮かぶあるものを認め、閃いたように言った。

「そうだ、南には運河がある。そこから積み荷と一緒に運んでしまえば、水路で楽々と運べる。人目も少ない」

「実に効率的だね。なら上の許可を取って、目星をつけた一帯に踏み込むかい？　商人たちの反発がすごいだろうけど」

白淵が眼鏡を押しあげ、耀天に問いかける。

「許可が下りるには時間がかかるだろうな……。ただ、誘拐された少女たちのことを考えたら急ぐべきだ。一人でも助けられるのであれば助けたい」

「なら、どうするかだね。君のことだ、考えはあるんだろう？」

「あぁ。……囮を使って釣り上げる」

耀天の提案に、皆が納得したように頷いた。

囮ということはつまり、誰かを使って誘拐を誘発させるということか。

「現状、それが一番手っ取り早いもんね。じゃあこの中だったら、わたしが囮かな？」

麗雪が己を指さして首を傾げる。確かにこの場では、麗雪が一番若く、少女たちの年齢に近いだろう。

「は？　麗雪は水藍と同じで年食いすぎてるじゃん。少女じゃないって」

雷文の反応に、麗雪は雷文の顔面に目にもとまらぬ速さで拳をめり込ませた。

水藍も不気味な笑みを浮かべて、傍にある花瓶を手にしている。投げるつもりだろうか。

というよりも、麗雪と水藍の年齢は一体幾つなのだろうか。

「だから雷文は身長が伸びないのよ」

「身長は関係ねえだろ！」

「まぁまぁ、二人とも。落ち着いてくださいよ。水藍も、その花瓶元に戻してください。

怖いですから」

　白淵が慌てて三人の間に割って入る。耀天はといえば疲れた顔をしていた。

「おまえら、いい加減にしろ」

「だってぇ」

「麗雪、だってじゃない。そもそも女が襲われてる事件だ。女は使わない」

「じゃあ囮はどうするのよ」

　耀天はそれには答えず、どうしてか雷文に視線をやった。

「え、なんすか旦那」

　そして何も言わずに、ただじっと雷文を見つめる。察しろと言わんばかりに。

　一同は静かに悟った。

　確かに雷文なら、中性的な容姿をしているから、化粧を施して衣服を替えればいけるかもしれない。胸に多少の詰め物は必要だろうが。

　皆の生温かい視線を一身に受けた雷文は、ようやく耀天が何が言いたいのかを悟り、悲鳴をあげたのであった。

＊＊＊

その日の夜中。素月は中庭から聞こえてくる物音に目を覚ました。土を何度も踏む音がする。目を擦りながら扉をほんの少し開けて覗いてみると、庭で木刀を振る耀天の姿がある。寝衣のままで。

今夜も眠れないのだろうか。

何回振っても乱れない太刀筋。手堅いが、それでいて美しい。しかし、不思議と似ていると思った。――師匠が刀を振る姿と。

「気が散る。何してんだ」

耀天が素月の視線に気づいて動きを止めた。素月は欠伸を嚙み殺しながら、扉を開けて廊下へと出る。そして柱へもたれかかった。

「気が散ると言われましても。あなたが土を踏む音で起きてしまったんですよ」

「そりゃ悪かったな」

額に浮かぶ汗を手の甲で拭い、素っ気なく謝る耀天。彼の眉間には、いつもよりも深い皺が刻まれている。尖った瞳は、内側で荒れる何かを抑え込もうとしているようにも見えた。

「眠れないんですか？」

「……ああ」

「どうしてですか。嫌なことでもありましたか。それとも今夜も考えごとですか」

「おまえはすぐに、なんでもかんでも聞いてくるな」

「考えても分からないことは聞くようにしています。それに毎夜素振りをされたら、わたしが眠れなくなりますので迷惑です」

「ああそうかい」

耀天は肩を竦めると、庭に置かれた椅子へと腰を下ろした。

「眠れない、というのは本当だ。……どうにも昔を思い出してしまう」

「昔？」

苦々しいものを吐き出すように、耀天は言った。

「……幼い頃に、俺も誘拐されたことがある」

素月はやっと理解した。今回の事件と同じではないか。それで、彼は浮かない表情をしていたのか。

「街で兄弟と逸れたところを狙われてな。一瞬で口を塞がれて荷馬車に乗せられた。運ばれた先は都から離れたどこその屋敷だった。……そこには俺の他にも、同じように集められた多くの子供がいた。つまり俺たちは、出荷待ちの商品になった」

この国では奴婢の身分は既に撤廃されている。けれど国が与り知らないところで、人が人を売買し続けている。闇には底がない。人の持つ残酷さを、素月とて嫌という程知っている。

「自分たちがどこに売り飛ばされるのかさえ分からない。もう家族の元へ帰れない絶望、先の見えない恐怖に、どうにかなりそうだった。……でもそんな時に、同じ境遇の少女が俺を励まし続けてくれた」

「励ます？　そんな状況で？」

「あぁ。……生きてさえいればどうにかなる。今は絶望しかないけれど、いつか必ず機運はくると。まじないのように何度も呟いていた。今思えば、あれは自分自身に言い聞かせていたんだろうな」

「……出来た少女ですね」

闇の中にあっても前向きに希望を持ち続けることが、いかに困難なことか。

素月の場合は無理だった。希望なんて、持つだけ無駄だった。ただただ闇の中へと沈んでいった。だから、いつしか何も考えないようになった。顔には笑いのみを張り付けた。

そうしていれば、皆、気味悪がって必要最低限の関わりしか持とうとしなかったから。

「次から次へと売られていく子供たちを見送りながら、次はいよいよ自分の番かと日々、怯えていた。……だが俺が捕まって五日後、事態は大きく動いた。俺たちが監禁されていた屋敷を、捜査の末に捕吏たちが突き止めたんだ」

「そんな早くに見つかるものなのですか」

「……俺の母親は公主だ。俺がいなくなったことで慌てふためいて、母の兄である陛下が動かざるを得なかった。言いたくないが、皇族の権限で多くの人員を動かしたんだ」

　そう説明する耀天の表情は、とても苦々しいものだった。

「屋敷を大々的に取り囲んだのは、都を警護する巡防営。捕吏とは違って軍の一部だ。彼らは夜陰に乗じて、屋敷に奇襲をかけた。……屋敷の中は乱戦になった。俺たちがいたのは、屋敷の中でも最奥。焦った人攫い共は、巡防営の手が届く前にと、証拠隠滅のために監禁部屋に火を放った。火を放っても、死体は残るというのにな」

　火、と聞いて素月は知らず知らずのうちに、掌に爪を食い込ませていた。

「火が燃え移った子供たちが、悲鳴をあげて倒れていく。炎に呑まれて、皆、のたうち回るんだ。助けて、助けてと。今でも彼らの叫びが耳にこびりついて離れない。忘れられるわけがない、あの惨状を。……残った俺たちは火の回りが遅い一角に追い詰められた。いよいよ万事休す――誰もがそう思い、泣き叫んだ。……だがそんなときだった。一人の男が、屋敷の壁を外から破壊して穴をあけたんだ。そして手を伸ばした、早く逃げろと。俺たちは、幼い子から順に外へと逃がした。けれど、火は最後まで待ってくれなかった。……柱が倒れてきてな。必死に励まし続けてくれた少女が、俺を庇って下敷きになったんだ」

　行き場のない感情を押し付けるように、耀天は自身の掌に顔を埋めた。

「俺は間一髪助け出されたが、彼女を含め、数人の子供たちは火の海の中に取り残された。

大人たちは俺の身柄が保護できたことに安堵した。面子が保てるからな。そして俺の目の前で言ったんだ。……他の子供たちのことは、どうか気になされませんように、と」

彼の声は、いつの間にか怒りで震えていた。

「俺はあの時ほど自分を恨んだことはない。俺は泣くだけで何もできなかった、励ましの声すらかけることができなかった糞野郎だ。人の命は平等だろう。俺と彼らの何が違うんだ。何が身分だ。それにだ。もし俺が庶民であったのなら、捜索自体なかったかもしれない。そうしたらあんな火事は起こらなかった。どこかに売られていたかもしれないが、皆、あの場で死ぬことはなかっただろう。……どうして俺が生きて、あの明るい少女が死ななければいけなかったのか」

素月は睫毛を伏せた。

やはりこの男は真っすぐすぎる。根が真面目で、優しすぎるのだ。高い身分を持って生まれたのであれば割り切れば良いものを。

「今更の話でしょう。起こってしまったことは、何一つ変えられませんよ」

「分かっている。……助けてくれた男にも言われた」

「壁に穴を開けた？」

「ああ、あいつ——李辰は巡防営の一員ではなく捕吏だったんだ。そもそも、俺たちの居場所を突き止めたのは亭の連中だ。なのに途中で指揮権を巡防営に奪われてな……。人質がいるのに突入しようとする奴らに納得できず、一人こっそりと乗り込んできた変わり者だった。俺に向かって気にするなと言った奴を殴り飛ばして〝ふざけるな、人が死んでんだぞ〟って啖呵を切ってな。結局、それで捕吏だってことがばれてたが。……でも俺にとっては、最高に小気味の良い英雄だった」

面を上げた耀天の横顔は、過去を懐かしむように穏やかだった。

『捕らえたとしても殺さないとある人間に誓っている』

いつかの彼の台詞が蘇り、素月は尋ねた。

「その李辰という方は、あなたが誓っているという方ですか？　罪人は捕らえても殺さないと、誰かに誓っていると言ってましたよね」

「そうだが、よく覚えてるな」

「印象的だったので覚えています」

耀天は口端に小さな笑みを浮かべると、降りこぼれんばかりの星空を見上げた。

「李辰は俺にとって英雄であり、捕吏として育ててくれた師匠でもある」

「大切な方だったんですね」

「ああ。……もう、この世にはいないけどな」

耀天の笑みが苦々しいものへと変化し、彼は素月を横目で流し見た。

「一緒にとある事件を追っていたんだが、途中、俺らは火薬の爆発に巻き込まれてな。李辰は俺を庇って重傷を負い、亡くなった」

「……事故、ですか」

「いいや。意図的に引き起こされたものだと俺は考えている。……その現場で、俺は確かに見たんだ。炎火の向こうで俺を見て嘲笑い、消えていった男の姿を」

耀天は手にしていた木刀を地面に突き立てた。行き場のない怒りをぶつけるようにして。過去を振り返る耀天の目には、いつの間にか強い憎悪が燃えあがっていた。

「それで、その男を追っているんですね」

「ああ。だが、中々有力な情報がなくてな……」

耀天は長い嘆息を漏らすと、木刀を杖代わりにして立ちあがった。

「すまないな、昔話に付き合ってもらって。今回の失踪事件は、色々と昔を想起させるので力が入った」

「別に構いませんよ」

素月にだって英雄はいる。人生を変えるきっかけをくれた人が。耀天とてそうだったのだろう。そういう点は心から理解できる。

仕方がないなと、素月は柱から離れて耀天を手招きした。

「なんだ」

「早く部屋に戻りましょう」

「はぁ？」

素月は耀天を急かして正房へ戻らせる。

「なんでおまえがついてくるんだ」

不審そうな目を耀天が向けてくる。今は夜更けだ。そんな時間に、男女が一つの部屋にいることは、不謹慎だと言いたいのだろう。

「勘違いしないでください。あなたにそういった興味はありません」

「言ってることとやってることが訳分からん。なんで押し倒してくる！」

寝台へ追いやった素月は、彼を寝かせるべく力ずくで押し倒す。

「さっさと寝ないからですよ」

「だから、何するつもりだ」

「眠れないんでしょう？　経穴をついてあげます」

「は？」

「ほら、お腹の上に手を置いてください」

仰向けになった耀天の側に腰を下ろし、素月は彼の手を取る。骨ばった彼の掌には剣胼胝が幾つもある。掌の一部に、素月は親指を押し当ててゆっくりと沈める。

「明日も仕事なんでしょう？　不眠で仕事に後れを取る事態になったら、誘拐犯を見つけられませんよ」

「……そうだな」

「あら、珍しく素直ですね」

「おまえと会話をしていたら疲れるから、適当に頷いてるだけだ」

「ああいえばこういいますね」

「おまえ相手に学習しただけだ」

「そうですか」

「ああ」

「あのですね。師匠が言っていたことなんですけど」

「そうです。彼女が言うには、生きる人間にはそれぞれ役割があるのだそうです」

「行方不明の？」

「役割だ？」

「ええ。わたしの場合は幽鬼を救うこと。そのための能力だと思っています。あなたの場合は、生きている人を救い、罪人を捕らえることなんでしょうね。あなたは態度こそ悪いですが、根は真面目で、人の痛みが分かる人だと思います。そして、物事を多角的に見る目もある。だから、あなたは進むしかないと思いますよ、人を救うために。過去を悔いるのならばなおさらのこと」

すると、耀天は驚いたように素月の灰色の目を見上げた。

「なんでしょうか」

「……いや。昔、同じようなことを言われたなと」

「そうですか。ならやはり、あなたはもう少し態度を改めた方が良いと思います」

すると耀天が吐息で笑った。

「その台詞、そっくりそのままおまえに返す」

「失礼ですね」

「人のこと言えないだろ、おまえは」

「そうでもないです」

「ああそうかい」

「はい」

すると耀天は面倒臭くなったのか会話を切り、体の力を抜いて目を閉じた。素月は反対の手を取って経穴を丁寧に押していく。

昔、素月も同じようにしてもらったのだ。眠れない夜に、師匠に。

夜のしじまが優しく二人を包み込み、いつの間にか、耀天は静かな寝息を立てていた。

素月は彼の手を離して布団をかけてやる。普段からは考えられない無防備な寝顔。

この男の側にいると、素月が認めたくないものを突き付けられる。

素月にとって人は残酷で、愚かで、憐れな生き物だ。だから認めたくない。犯罪と向き合いながらも、綺麗事――正義を持ち続けている彼が。

今まで信じられるのは、自分を救ってくれた師匠だけだった。けれど、その彼女も今は行方が知れず。素月は今、一人だ。

『おまえはいい年をして、いつまで甲羅に籠もっているつもりだ。いいかい、ゆっくりでいい。前へ進みな』

師匠の言葉が蘇る。彼女はよく、素月を亀に喩えた。いつまでも手足を引っ込めて、甲羅に閉じこもる亀のようだと。

素月は人が嫌いだ。言い換えれば怖いのだ。期待しては踏みにじられ、結局、誰にも期待することをやめてしまった。

しばしの間耀天の寝顔を眺めてから、素月は自室へと戻った。

＊＊＊

「あらぁ、可愛いわねぇ」

「おや、これは中々」

「めちゃくちゃ可愛いよ、雷文」

水藍、白淵、麗雪がそれぞれの感想を述べる。一方三人を射殺す勢いで睨むのは、化粧を施され、髪を結い上げられた雷文である。眉は綺麗に描かれ、頬には紅を入れ、愛らしい薄紅色の襦裙を着せられている。元々小柄で、中性的な面持ちをしているものだから、正直少女と言われても違和感がない。素月は壁際で観賞しながら、口には出さないものの、囮役としては適任かもしれないと思った。女は何かあったとき、いくら武術の心得があったとしても、力勝負では男に負ける。とはいえ雷文の正体が暴かれてしまった時は、それこそ危険なのだろうが。

「……後で覚えとけよ」

恨めしそうな目を向ける雷文だが、女装のせいで妙に威圧感が崩れている。

すると耀天が咳払いをして、雷文の目の前に立った。

「悪いな、雷文。嫌な役目を与えてしまって」

「旦那ぁ」

「悪いが、手筈通りに敵を釣り上げてくれ。俺たちはおまえを尾行して跡を追う。この件が終われば飯を奢るから、頼むからやり遂げてくれ。これは、おまえにしかできないことなんだ」

「……分かったよ、旦那。この俺が、必ずやり遂げてみせるぜ！」

耀天の言葉にやる気を漲らせる雷文。

飯で釣られるとは安い男だな、とその場にいた全員が思ったが、そこは口に出さずに生ぬるい目で見守った。

そして耀天たちは、誘拐犯を捕らえるべく捜査を開始する。

怪しそうな店をあらかじめ絞り込み、順に雷文が訪れていく。そしてその後を、白淵、麗雪、耀天がそれぞれ距離をとりながら見張っている。

「……で、なんでおまえも来るんだ」

耀天が、どうしてか一緒についてきた素月に面倒くさそうな目を向けた。

「事情はどうであれ関わってしまったので、気になるんです」

「何度も言うが、危険な目に遭うかもしれないんだぞ」

「職業柄、危険な目に遭うことが多いので大丈夫です。それに、武術の心得はあるので大丈夫ですよ。師匠から、護身術くらいは叩(たた)き込まれているので」

「本当か？」

「師匠と女二人で暮らしていたんで、身を守ることくらいできます。剣術はからっきしですけど。……それに、土壇場でわたしの力が役に立つかもしれませんよ」

素月は胸元を手で押さえた。劉蓮花の髪が入った巾着を懐に忍ばせている。いざとなった時のために。

耀天はまだ納得がいかない様子だったが、「怪我(けが)しても知らないからな」と呆(あき)れ口調で言った。素月が一度言い出したら、引くことはないと既に知っているからだろう。

「はい、勝手にします」

そう答えれば、ますます彼の眉間に皺(しわ)が寄った。とはいえ、顔色は幾分良くなったようだ。目の下の隈(くま)が消えている。

「あの」

「なんだ」

「昨日は良く眠れましたか」

耀天は軽く目を見開いてから、気まずそうに視線を逸(そ)らした。

「……ああ」

「そうですか、それは良かったです」

朝から捜査を開始して、すでに日は高い位置にある。雷文は今、六軒目の織物(おりもの)屋を訪れており、まだ店から出てきていない。

西市場は本日も人でごった返していて、油断するとすぐに雷文を見失ってしまいそうだ。

「中々出てこないですね」

間口は他の店と比べて小さく、雷文以外に客は入っていないようだが。店主と話し込んでいるのであろうか。それとも――。

すると、耀天の目が突然鋭く光った。

「――当たりか」

「え？」

店主と思われる男が、まだ日中だというのに店の扉を閉めた。耀天はすぐに、辺りに潜んでいる白淵と麗雪に目で合図をする。二人は足早に耀天の元へと駆け寄ってきた。

「かかりましたか」

「そう願いたいな」

「雷文ってばやるねぇ」

「ここからは手筈通りに。白淵さんは、予想が外れた時を考えてここで見張りを続行。俺と麗雪は運河側へ。おまえは……」

　本当についてくるのか、と耀天が素月に目で問いかける。すると、白淵が素月の背中をそっと押した。

「素月さんも、お二人と共に行ってください。危険かもしれませんが、二人があなたを守ります。その代わり、あなたの能力を彼らに貸してあげてください」

「わたしは、仕事をするだけですから」

　事件を解決しなければ、劉蓮花の遺体を家族の元へ返すことができない。墓暴きの件も、なかったことにして上手(うま)くまとめてもらわなければいけないし。そう、これは仕事の一環だ。だから手を貸すだけに過ぎない。

「そうですね。……でも、あなたには僕たちと同じ想(おも)いがあるように思いますよ」

白淵は素月の考えを見透かしているように微笑むと、素月たちを送り出した。

(同じ想い……？　なんだ、それは)

白淵の言葉を頭の中で反芻しながら、素月は耀天たちの後を追う。それはすんなりと胸に納まるものではなく、どこかで抵抗したくなる、よく分からないもの。胸の内がもやもやする。

横道を抜けて店の裏――運河に出て、あらかじめ用意していた船に耀天たちは乗り込む。そして、雷文が最後に入った店の動きを注視する。

「ねえ、耀天。そんなすぐに動くかなぁ」

麗雪がうーんと首を傾げる。

「この辺りの店は毎日開いている。店内に人間を捕らえていて、毎日商売できるか？　どこかで襤褸が出るはずだ。店を閉めたのがいい証拠だろ。……それにな、捕らえた商品は、すぐに別の場所に移すのがいい。騒ぎになった時には、すでに手の届かない遠いところで監禁しておく。捜査を長引かせることができるし、なにより、その間に商品を売り飛ばすことができるからな」

自分で言いながら、耀天の目には嫌悪感が滲み出ていた。自身の経験から学んだことなのだろうか。

しかし、雷文は無事なのだろうか。捕吏をやっているくらいだから、そんな簡単に死んだりはしないだろうが。……だが男だとばれたら、口封じに殺されるだろう。

すると店の裏手から、商人のような身なりをした男二人が姿を現した。一人が肩に、麻布に包まれた何かを担いでいる。遠目でははっきりとはみえないが、あれは人の形をしていないか。

彼らは運河へ続く階段を下りると、繋(つな)いでいた船に乗り、杭(くい)から縄を外して運河を進み始める。

「出してくれ」

耀天は船頭に指示すると、目の前の船を追うべく、気づかれない程度の距離を置いて進み始めた。

耀天の顔から一切の感情が消えていく。それは麗雪も同じだ。普段の明るくて可愛らしい雰囲気は鳴りを潜めている。二人とも、獲物を見定めた狼(おおかみ)のような目をしていた。今から狩りを始めるかのように。

船は西市場から東市場へ向かい、そこから僅かに南下したところでゆっくりと止まった。目の前の船から男二人が荷を担いで降りる。そして階段を上り、一軒の屋敷(やしき)へと消えていった。

二人が戻ってこないことを遠目から確認すると、耀天は注意を払いながら船を近づけさせる。そして先に停泊している船に飛び移り、男二人と同じように、屋敷へ続く階段へと降り立った。麗雪、素月も後に続く。そして耀天は、船頭に戻るよう手で指示を出す。麗雪はといえば、男たちが使用していた船の縄を切り、竿を使って船を押し出してしまう。

「流しちゃうんですか」

「勿論だよ。逃走手段は潰しておかないと。これで後ろからは逃げられない」

三人は周囲を警戒しながら階段を上る。入り口はすぐに見つかったが、中から閂をかけられているようで扉はびくともしない。耀天たちは揃って嘆息した。

「仕方がない、表から堂々といくか」

「だね。この辺りってお偉いさんの別宅が多いし、後々のことを考えたらその方がいいかも」

三人は屋敷と屋敷の間を通り、表へと回る。どうやら住宅街のようで、市場と比べて行き交う人は少なく閑散としている。一軒一軒の屋敷は大きく、それなりの身分を持った人たちが住んでいるのだろう。耀天は朱色で彩られた扉を力強く叩いた。

「なんの御用で？」

中から出てきたのは、下男と呼ぶには物騒な顔をした男だった。胸板は厚く、隆々とした筋肉が服の上からでも分かる程だ。武人、と言われたほうがしっくりくる。

「俺は言耀天、捕吏をしている。今追っている誘拐事件のことで、この屋敷の主人に話を伺いたい」

「捕吏……」

男は難色を示した。

「帰れ。おまえ、この屋敷の主人が誰なのか知っているのか」

「さあ、知らないな」

「吏部侍郎のご子息、藍栄進様のお屋敷だ」

「知ったことじゃないな。俺はただ、話を伺いたいと頼んでいるだけだ。やましいことがないのであれば、話くらい聞いて欲しいものだがな。取り次ぎもしてくれないというのは、何かやましいことを隠しているからか？」

怯むことなく、それどころか高圧的に睨み返す耀天に男は舌打ちした。彼は耀天たちにここで待機するように言って、屋敷の中へと消えていく。

うまいやり方だ、と素月は感心する。ここで自分たちを素気無く追い返してしまえば、捜査に協力しなかった——つまり真実がどうであれ、やましいことがあると思われても仕方がない。意外としたたかで怜悧な男だと、耀天への評価を改める。

それにしても、と素月は屋敷全体を見渡す。

なんだか嫌な感じだ。うまく言葉で言い表せないが、暗いのだ。屋敷全体を、見えない暗澹とした影が覆っているような、そんな感覚。

(なんか嫌だな)

しばらくして、下男が一人の男を連れてきた。

男は細身で、目の下に泣き黒子(ほくろ)のある風流な優男だった。色白であくのない顔つき。にこやかに微笑んでいる。

「僕が藍栄進です。何やらお話があるそうで。ささ、中へどうぞ。お話を伺いましょう」

藍栄進と名乗った男の笑みには既視感があった。人形のような作り笑い。それはまるで自分と同じ、心のない笑い方。

そして男に纏(まと)わりつく禍々(まがまが)しい気配。――死の気配がする、この男から。

素月は、無意識に胸元の巾着を握りしめていた。彼女をまだ降ろしていないのに、髪に宿る劉蓮花の魂魄(こんぱく)の欠片(かけら)が、ざわりと蠢(うごめ)いた気がした。

＊＊＊

一方その頃雷文は、手足を縄で拘束されて床に転がされていた。口には猿轡(さるぐつわ)を嚙(か)まされ、声が出せない。部屋は小さな窓が一つあるだけで、非常に暗く、燭台(しょくだい)の灯(あかり)だけが頼りだ。

（あっぶねえ……。間一髪だったな。追いついてくれた旦那に感謝だぜ）

まだ自分が男だとばれていないが、非常に危うい状況だった。

（今のうちに拘束を解くか）

雷文は胸元に潜ませていた匕首（あいくち）を取り出すと、慣れた仕草で縄を切り落とした。体の前で縛ってくれたおかげで助かった。

口に押し込まれた布を取り出して投げ捨てると、ようやく一息つけた。

とはいえ、のんびりしている場合ではない。また奴（やつ）らが戻ってくる。――いや、あの男が。

雷文は、ここへ連れてこられた経緯を思い出していた。

雷文は織物屋の中で攫（さら）われた。客を装っている雷文に店主が話しかけてきて、世間話を交えながら、どこから来たのか、誰と来たのか、など探りを入れてきた。初めはただの話好きの親父（おやじ）かと思ったが、仕入れたばかりの商品が奥にあると案内されて、当たりだと踏んだ。

店頭に並んでいない商品を目の前に並べられ、ゆっくり選んでくれれば良いと、親切そうな顔をして茶を出してくれた。雷文は悟った。攫われた少女たちは、こうやって親切そうな笑顔に騙（だま）されたのだろうなと。

このまま力ずくで拘束されるのか、それとも、この茶に何かが混ぜられているのか。

案の定、出された茶は変な味がした。一口は口にしたが、あとは飲むふりをして手巾（しゅきん）に吐き出した。軽い眠気が起こったが意識を失うほどではない。だが、自分はあくまで囮（おとり）だ。

そのまま意識を失うふりをした。

そのあとは、あれよあれよという間に手足を拘束され、絨毯で包まれた。そして麻布の袋に入れられ、船でここに運ばれたというわけだ。

商人二人は、この屋敷の主人と思われる男に雷文を差し出した。この女はいかがでしょう、と。

気を失ったふりを続けていたので、男がどんな顔をしているのか分からなかった。ただ、声色と口調からして若い男だと雷文は判断した。

すると男は言った。いつも通り、見てから決めると。商人二人の手が、服を脱がすべく雷文の襟にかかった。同時に、蛇のようにまとわりつく視線を感じる。

さすがに不味いぞ、と焦った時だった。捕吏がやってきました、と部屋の外から声がかけられたのは。

無事、仲間が駆け付けてくれたのだ。思わず安堵のため息をつきかけたが、なんとか堪えた。

へまをしたのか、と商人二人に対して男は静かな口調で問い詰めながら、部屋を出ていく。彼らの去り際に、男の顔を拝見してやろうと薄眼を開けて見上げてみた。若い男だと予想していたが、やはり年若く、女にちやほやされそうな優男だった。目の下には泣き黒子があり、髪を結い上げずに背中に流している。ただ、目が不気味だった。静謐でありながら、奥底に闇を孕んでいるような。ああいった目を何度も見てきているから、雷文には分かる。あれは、罪を罪とも思わない人間の目だ。

扉は閉じられ、外から錠をかけられた。

体の自由を取り戻した雷文は立ち上がった。そして部屋の中をぐるりと見回す。部屋の薄暗さにも目が慣れてきた。

とそこで、どこからかすすり泣くような声が聞こえてきた。先程まで、男たちに注意を払っていて気づかなかったが。

（もしかして、攫われた少女がまだ生きているのか？）

音が聞こえるのは、立てかけられた屏風の向こう側だ。

雷文は息を殺して屏風の向こうを覗いた途端、目の前に広がる光景に顔を顰めた。沸き上がる嫌悪感が、胃を突き上げてくる。

寝台に横たわるのは裸の少女。彼女は両腕を拘束され、顔は涙でぐちゃぐちゃになっている。目は開いているが朦朧としており、目の前にいる雷文を認識しているのかさえ分からない。雷文は駆け寄り、着ていた褙子を脱いで彼女に被せた。

大丈夫か、という言葉は喉奥で溶けて消えた。大丈夫なわけがないだろう。ここで何があったのかは明白だ。抱きしめてやりたいが、触れる事さえ躊躇われた。

少女の目がゆっくりと雷文に向けられる。

「……助けに、きた」

「助けに？」

「あぁ。こんな格好をしているが、俺は捕吏だ」

朧げな瞳は、一瞬時を止めた。そして再び涙を溢れさせる。少女の瞳に薄っすらと光が戻り始める。雷文は、彼女の手を拘束している縄を切り落とした。

「ほん、とうに……？」

「あぁ」

「でも、文慧は？　文慧も、助けてよ」

「文慧？」

「昨日まで、生きて、いたのよ。なんで、こんなことに――」

少女は震える手を宙に向かって伸ばし前方を指さした。彼女の指先が示すもの――それは木棺だった。雷文は口を手で覆った。

嫌な予感しかしなかった。素月が墓を暴いたことで、この事件は大きく動いた。劉蓮花という少女は、赤い花嫁衣裳を着せられ木棺に入っていたという。

雷文は木棺に近づき、恐る恐る蓋を開けた。そこにはやはり、赤い花嫁衣裳を着せられた少女がいた。

「……文慧、というのか」

「昨日まで、あの男の相手をさせられていた……。でも、男が飽きたと言って殺したわ。いつも、そう。犯して、首を絞めて。それが……生きていると感じる瞬間だって。……次に殺されるのは、わたしよ」

込み上げてくる怒りを抑えつけるように、雷文は奥歯を噛んだ。握りしめた拳が震えている。

「そんなこと、俺たちがさせねえ……。必ず、助けは来る」

雷文は少女の手を握り、力強く言葉にした。

＊＊＊

居間へ通された耀天、素月、麗雪の三人は、目の前の男たちと向き合っていた。

椅子に座っているのは、屋敷の主人だという藍栄進。その彼の後ろに立つ二人は、自分たちが追ってきた商人二人だ。部屋の隅では、下男が厳つい表情をして待機している。

「それで、ご用というのは？」

栄進が自ら口を切った。

「ここ最近、市場で少女が行方不明になる事件が続いていましてね」

抑えた声で答えるのは耀天だ。

「織物屋で少女が姿を消しているのではないか、という情報を得たんですよ。それで一帯を張っていて、まだ客入れ時の昼間だというのに、閉めた店があったもので。しかも、店に入った少女が外に出てきていないのに。それで気になり追ってきました。……ちょうど人一人がすっぽり入ってしまいそうな袋を、お二人が担いでいるようにも見えましたので」

　耀天は商人二人を揺さぶるように視線を向ければ、彼らは慌てて首を振った。

「それは誤解ですよ。わたしらは、頼まれていた商品を持参してきただけですって。ほら、そこにある絨毯です」

　商人の一人が、壁に立てかけられた絨毯を指さした。美しい幾何学模様が目を引く、金糸と銀糸が使われた華麗な絨毯だ。巻かれているから分からないが、広げればかなりの大きさだろう。

「西の国で仕入れることのできる貴重なものです。それに、店の客のことはそちらの勘違いでしょう。わたしらは、店内に誰もいなかったから一旦店を閉めたんです。栄進様から頼まれていた絨毯がようやく入荷したんでね。彼は店の御贔屓様ですから、早く届けて差し上げないと、と思ったもので」

　商人の説明を静かに聞いていた耀天が、視線だけを商人に向けた。

「その絨毯……。人を軽く巻くことができそうですね」

彼らの表情に、僅かながら狼狽の色が走った。図星か。

するとと商人二人に助け舟を出すかのように、栄進が会話に割り込んできた。にこやかな笑みを崩さないまま。

「どうしても、あなた方は彼らを犯人だと踏んでいるのですね」

「ええ、あなたのことも」

すると栄進は目を見開き、可笑しそうに笑い声をあげた。

「あなた、非常に面白いですね。確か、言耀天と言いましたか……。わたしの記憶にある言家と一致するなら、あなたが言家の異端者。文武の才に誰よりも優れ、身分も至宝でありながら、それを自らなげうったと聞いていますが」

耀天の眉が、不快を示す様に僅かに動いた。

「いや、失礼。けれど、分からないこともないです。与えられた環境を享受するだけの人生は、ひどく退屈ですから。……何一つ、面白くない。生を感じられない」

そう言った栄進の眼は、どこか虚ろだった。底が見えない深い闇のよう。だがすぐにその違和感を消し去るように、目を細めて笑った。

「話が逸れてしまいましたね。納得がいかないなら、屋敷の中をご案内しましょうか」

まるで宣戦布告だ、と素月は感じた。屋敷の中を歩き回られても、困らないという自信の表れ。耀天と麗雪は探るような目を栄進に向けている。

この屋敷に入った瞬間から感じる、死の気配。間違いなく、少女たちはここで殺されている。方士としての勘が告げている。

しかし、反する栄進の自信。おそらく巧妙に隠しているに違いない。

素月は胸元に忍ばせている、劉蓮花の遺髪が入った巾着を密かに取り出した。

（やるか……。ただ、戻って来られるか）

師匠から、この術はあまり使うなと釘を刺されている。

自分は負の感情が他人よりも幾倍にも強い故に、呑まれてしまう。だから、命綱である師匠がいない時には使用するなと。

だが、ここで手をこまねいている時間はない。昨日力を使ったが、今日はよく眠った。食事もしっかりとった。後から来る反動には耐えられるはずだ。

祈るように巾着を握りしめると、素月は覚悟を決めた。

「あの」

素月は耀天と麗雪に向かって、小声で囁いた。

「なんだ」

「今から、劉蓮花をわたしの体に降ろします」

「なに？」

「そんなこと、できるの？」

素月は頷（うなず）いた。

「この屋敷には禍々（まがまが）しい気配が渦巻いてます、間違いなく。必ず、手掛かりがここにあると思うんです。……だから、彼女の記憶をわたしが追尾します。もし、わたしの様子がおかしくなったら――とにかく、わたしの頬を思いっきり叩（たた）いてください。現実からの刺激がないと、引きずり込まれてしまうので」

「ちょっと待て」

すると耀天が、引き留めるように素月の手首を握った。

「なんです」

「記憶を追尾するってことは、同じ体験をおまえが受けることになるんじゃないのか」

頭の回転が良すぎる男の手を、素月は目を眇（すが）めて払いのけた。

「わたしは大丈夫です。人よりも、そういった耐性が強いんで」

「だが！」

「心配するなら、いざとなったらわたしを引き戻して下さい。これは、わたしにしかできないことなんです。……事件を解決したいなら、使えるものは全て使うべきです。違いますか」

このままでは劉蓮花が浮かばれない。彼女と同様に、誘拐され、死んだかもしれない少女たち。それに今、雷文がどこかで捕らえられているはずだ。

素月と耀天の目が交錯する。

「……俺は、おまえを叩けばいいんだな」

「ええ、それだけで結構です」

「後から文句を言うなよ」

「あまりに痛みが残るようなら恨みます」

「難しいことを言うな。……とにかく、善処する」

素月は頷くと、いつものように簪の針を指に突き立てた。そして巾着の中に、血を数滴落とし込む。

「あなたは一体何をしているので？」

栄進が不思議そうな表情を素月に向ける。

「とある、方術ですよ」

「方術？　古臭い詐欺まがいなことをして、何か分かるとでも？」

余裕に満ちた嘲笑うかのような声色。――ひどく、癇に障る。素月は、栄進を冷たい眼差しで見返した。

「古臭い詐欺だろうが、あなたの余裕を剝ぎ取れるとわたしは踏んでいますよ。いいえ……剝ぎ取ってみせる」

「なに？」

「ねぇ、そうでしょう？——劉蓮花」

彼女の名前を口にした途端、素月の意識は深く沈んだ。悲しい魂魄の欠片が素月の体を満たしていく。

降鬼には二つの方法がある。一つは、術者が他者の体を使って降ろす方法。もう一つは、術者が自分自身の体に降ろす方法。

前者の方が安全だ。術者が幽鬼を確実に引き剝がすことができるし、方士と違い普通の人間ならば、降ろしている最中に意識を保っていられない。耐性がないからだ。だからこそある意味安全といえる。幽鬼の記憶を見ることは敵わないのだから。

一方、後者は危険を伴う。方士は普通の人間とは違い、黄泉への繫がりができてしまっている故に耐性がある。幽鬼を降ろしても、自らの意識を保つことができる。だがそれは、降ろした幽鬼の記憶を見てしまう——いわば追体験してしまうことになる。

それが幸せな記憶なら良いだろう。ただ、殺された被害者たちの幽鬼の場合はどうだ。

——筆舌に尽くしがたい、覚悟がいる。苦しみに満ちた記憶が、一気に雪崩れ込んでくるのだから。

それに、幽鬼を引き剝がす人間がいない。自分で引き剝がさなければならない。幽鬼が抱く深い闇に沈んでしまう前に。

素月は自分という器の中で、劉蓮花の意識に手を伸ばした。

＊＊＊

一人の男が自分を見下ろしている。この屋敷の主、栄進だ。彼の持つ得体の知れない不気味さに、わたしは思わず唾を飲み込んだ。

（わたし……？）

いや、違う。これは劉蓮花の記憶だ。わたしは彼女の記憶を辿っている。

そしてこの場所にも見覚えがある。今、素月たちがいる居間だ。

『気に入った』

栄進が短く言った。金が商人二人に手渡される。商人二人は、身体の細い下男に案内されて裏から出て行った。今日、素月たちを出迎えた下男とは別の人物だ。

栄進が椅子から立ち上がり歩き始めた。蓮花は手を拘束されたまま、もう一人の下男によって引きずられていく。

屋敷の中は豪奢で広い――けれど、全体的に陰りを帯びている。静かすぎる屋敷の中。夕暮れ時で、忙しなく鳴く蝉の声だけが大きく響いていた。居間から廊下に出れば、生ぬるい風が頬を撫でていく。

栄進がとある部屋に入った。そこには他国の蒐集物が並べられている。陶器や西方の絵画、香炉、動物の毛皮の絨毯など、価値のあるものばかりだ。美しい姿見もあり、蓮花の姿をした自分が横切っていく。

栄進は部屋の奥で立ち止まった。彼の目の前には、等身大の山水画の掛け軸が飾られている。

彼は首元にかけている鍵を取り出した。掛け軸を捲れば、壁には小さな鍵穴があり、栄進はそこに鍵を差し込んだ。そして軽く押せば、木の扉が軋んだ音を立てて開かれる。

――隠し扉だ。

薄暗い室内。窓は高いところに一つあるだけ。斜陽が差し込んでいる。

男は進んでいく。いけない。これ以上進めば二度と元には――。

足に力を入れ、蓮花は抵抗を示した。だが下男によって引きずられていく。ここはまるで墓場だ。一人ではない――何人もの死の気配が渦巻いている。

部屋の奥には寝台があった。そしてその前には――蓋が開いたままの棺が。

息を呑む。棺の中には、赤い花嫁衣裳を着せられた見ず知らずの少女がいた。

商人二人についていった痩せ細った下男が、別の男を二人、連れてきた。彼らは外套で顔を隠していて誰なのかは分からない。

栄進が持っていけ、と顎で指示する。男二人は中を確かめると棺に蓋をして、二人でそれを抱えて出て行った。

下男二人も後に続き、部屋から去っていく。残されたのは栄進と蓮花だけだ。

蓮花は寝台に放り投げられた。栄進は彼女の襟をはだけさせていく。

そして呟いた。

『君は、わたしを愛してくれるだろうか。あの人のように』

そう言った男は、一体何を、何処を見ているのだろうか。ただ分かることは、この男にはもう心がないということだけ。悪事を悪事とも思わない、むしろ己にとって必要で当然のことだと。

己の行く末を漠然と悟った蓮花は、瞳から涙を零した。

それから幾夜、過ぎただろうか。蓮花の心は死んでいた。人形のようにされるがままだ。

蓮花を犯しながら、栄進は冷めた目を向けていた。

『やはり君も駄目か。――なら、最期にあの時の実感を、与えてくれないか』

男は蓮花の首に両手を添えた。そして、ゆっくり力を込めていく。

抵抗しようとしたが、手は背中側で縛られ、圧し掛かる男の力の前では無力だった。

叫びたいのに叫べない。苦しい、苦しい――助けて。悲しく痛ましい、音を成さない叫喚。苦痛で顔が歪む。目から涙が溢れ出る。

次第に体から力が抜けていき、深い闇の底に、意識が沈んでいく。瞼が閉じていく中、最後に目に映った光景は、ひどくおぞましかった。

自分を見下ろす栄進は、どうしてか高揚したように笑っていた。

＊＊＊

「──段素月！」

名を呼ばれ、素月はひゅっと息を吸い込んだ途端、激しくむせる。心臓は早鐘を打つようにがんがんと鳴り響いて、全身から汗が噴き出る。片方の頬がひどく熱い。

素月の視界に耀天の姿が映る。

ここは──あの部屋だが、あの時ではない。これは、素月が見ている現実だ。

「……すまん、本当に打った。おまえの様子が明らかにおかしくなったから」

戻ってきたのか……。素月は腫れぼったい頬に手をやり、自分の体温に安堵する。

「いえ、助かりました」

体がひどく重々しいが、今はそんなこと気にしてなどいられない。

素月は額の汗を乱雑に拭い、荒い息を静めつつ目の前に座る栄進を睨んだ。

「……あなたは一体何のために、少女たちを犯して、首を絞めたのですか」

栄進の口元がほんの微かに引きつったのを、素月は見逃さなかった。

「一体、誰に愛されたいと願ったのですか。どうして、何人もの少女を犠牲にしたのですか。どうしてあなたは、人は――そうも残酷になれるものなのですか」

　すると、栄進の目元に仄暗い影が落ちた。

「……何を言っているのか分かりませんね。言いがかりはやめて頂きたいな」

　口には笑みを浮かべているが、先程までの余裕はないのか目が笑っていない。

　認めないつもりか。ならそれでいい。過去を追及したところで、今、危機に陥っているかもしれない雷文を助けられない。

　素月は耀天と麗雪に視線を向けた。

「二人とも、よく聞いてください」

「なんだ」

「屋敷の西側に、骨董などの蒐集物を集めた部屋があります。そこに、一際大きな山水画の掛け軸が飾られています」

　素月が何を言いたいのか察した栄進たちの顔色がさっと変わる。

「その後ろに隠し部屋への扉があります。扉を開く鍵は、彼が首から下げているはずです」

　説明はそれだけでよかった。耀天と麗雪は頷き、椅子から立ち上がる。

「屋敷の中をご案内していただけるんでしたね」

　耀天が人の悪い笑みを浮かべ、栄進の首元に手を伸ばした。

だが、栄進と耀天の間に人影が割って入った。厳つい顔をした下男である。その隙に、栄進が身を翻し、転がるようにして駆けだした。

「麗雪！」

耀天が声をあげる。

「言われなくても分かってるってば！　下種野郎は絶対に逃がさないんだからっ」

麗雪が舌なめずりして栄進の後を追う。

一方で、耀天の前に立ち塞がった下男が右の拳を振り上げていた。図体に似合わず動きが速い。

しかし耀天は左腕で拳を防ぐと同時に、目に見えぬ速さで男の顔面に右の拳をめり込ませていた。一発で下男の体が床に沈む。

（……すごい）

密かに逃げようとしていた商人二人も捕まえ、耀天は縄で手早く拘束した。手慣れている、戦いに。刀があるのに抜いてもいないではないか。

「おまえも来るか」

耀天は息すら乱れていなかった。化け物か、この男は。

「もちろん」

素月は頷き、耀天の後ろに続いて廊下に出た。体がひどく重いが、じっとしている場合ではない。

「……本当に体は大丈夫なのか」

素月の赤くなった片頬に視線をやり、耀天はばつが悪そうに呟いた。

「気にしないでください。これは、わたしがお願いしたことです」

「そう言われてもな。……女に手を上げるなんて、最悪な気分だ」

「あら。わたしのこと、女だと認識してくれているのですね」

「最低限な。というか、叩く以外に何か方法はないのか」

「さぁ。外からの刺激が一番だと、師匠は言っていましたけれどね。ちなみに師匠のように長年修行した人は、自分の名を呼んでもらうだけで大丈夫でした」

「……なら、早く修行を積め」

「そう言われましても、簡単にできるものではありませんよ」

一度にどれだけの体力を消耗すると思っているのだ。

すると、目の前を歩く耀天が足を止めた。彼の眉間に深い皺が寄る。

彼の視線の先を辿れば、栄進を捕らえた麗雪の姿がある。素月は安堵しかけたが、どこからか漂ってくる、焦げた匂いに表情を強張らせた。

「早く燃やしてしまえ！」

栄進が麗雪に拘束されながら何やら叫んでいる。そこで素月は思い出した。

この屋敷にはもう一人、痩せ細った下男がいたのではなかったか。

隠し部屋がある棟から煙が燻ぶり、火の手があがる。

火――。素月の皮膚を焼いた、あの日を思い起こさせる忌ま忌ましいもの。

素月の足が竦んだ。嫌な汗が背中を伝う。

「捕頭！　もう一人下男がいて、そいつが屋敷に火をつけて回ってる！」

耀天はすぐさま中庭へと駆け下り、井戸水を頭から被った。

「麗雪！　おまえはそいつから絶対に目を離すな！」

「捕頭は!?」

「仲間を置いて逃げられるか！」

壊れたように笑っている栄進の首から鍵を奪い、隠し部屋がある棟へと耀天は飛び込んでいった。

その後ろ姿に迷いは一切ない。かつて素月を助けてくれた師匠、暁陽と重なり合う。

素月は拳を握った。耀天のように、火の中に飛び込める勇気はない。火を見ているだけで体の震えが止まらない。

けれど自分にはまだ、できることがあるはずだ。ここで止まるな。

（もう一人の下男を取り押さえないと、屋敷全てに火が回る）

素月は自分を叱咤し、来た道を引き返した。

＊＊＊

「おいおい、なんだか焦げ臭くないか」

部屋に囚われている雷文は、匂いを嗅ぐような仕草をした。共にいる少女も不安げな顔をしている。

「まさか、火事なんじゃ……」

「火事？」

「だって、あなたの仲間が来たんでしょう？　あの男の悪行が暴かれて、腹いせに火を放ったかもしれない……。あの男なら、やると思う」

否定はできなかった。なら、逃げるしかない。しかしどうやってここから——？

せめてこの少女だけでも外に逃がさなければ。親元に帰してやらなければ。何よりこの少女は、この事件のたった一人の生き証人だ。

雷文は、身体を清めるために用意されていた水桶を持ち上げた。そして中に入っている水を、少女の体にぶちまけた。

「ちょっと、何を——」

「あんただけは、助けないと」

そして雷文は、閉じられた扉の前に立った。扉は木でできている。もし火が回っているのなら、壊れやすくなってはいないだろうか。

雷文は勢いよく扉を蹴り上げた。だが、何度繰り返しても扉は開かない。

「くそっ」

悪態をついたその時だった。外から錠が外された音がしたのは。

雷文は反射的に扉から飛び退いた。そして少女を守るように立ち塞がる。

（一体誰だ……。あの男か、それとも旦那たちか──）

雷文は固唾を呑んで、部屋の扉が開けられるのを待った。

扉は勢いよく開かれた。

「──雷文！」

慣れ親しんだ声で自分の名を呼ばれ、雷文は愁眉を開いた。

「旦那、信じてたぜ！」

雷文は少女を抱え上げた。

「早く出るぞ！」

「おうっ」

「待って！　文慧も一緒に、お願い……！」

少女は雷文の首に縋りついた。

「文慧？」

少女の泣きそうな視線の先を辿って、目にしたもの。耀天は奥歯を嚙みしめた。

棺の中で眠っている、花嫁衣裳を着せられたもう一人の少女。

「分かった。彼女も連れていく」

「ありがとう……。助けてくれて」

耀天は棺の中から遺体を抱え上げると、煙が充満する中、雷文たちと共にその場を後にした。


無事、中庭まで逃げることができた耀天たちは、地面に倒れ込む様にして座り込んだ。

雷文と少女が無事なことを確認し、耀天は、抱えていた遺体を地面にそっと横たえる。

遺体は綺麗だ——まるで眠っているかのように。

もし、あと数日早ければこの少女も助けられたかもしれない。

今更悔いてもどうしようもないのに、悔いてしまうのはどうしてなのだろう。

もちろん、全ての命を救えるわけではない。驕っているわけでもない。けれど、どうしても考えてしまう。

耀天は自身の掌に顔を埋めて深いため息をつくと、その場に立ちあがった。

屋敷の外からは、近隣の住民たちが不安げにざわついている声が聞こえる。呼びに行かずとも、軍が消火に駆け付けるだろう。

自分たちも早く屋敷の外へ出るべきだ。

「おまえら、外に出るぞ」

「はいよ」

麗雪が栄進を、雷文が囚われていた少女を抱えて外に出て行く。

あとは捕縛した商人たちを運ばなければならない。大事な証人だ。

と、そこでふと気づいた。素月がこの場にいないことに。

一体どこに行ったのかと考えていると、

「ご無事で何よりです。雷文さん、助けることができたんですね。彼が抱えていたのは、誘拐されていた少女ですか」

と、どこからか素月の淡々とした声がした。振り向くと、彼女は一人の男を引きずって歩いてきた。その男は痩せ細っていて、どうしてか意識を失っている。

「その男はなんだ」

耀天は目を細めた。

「屋敷に火をつけて回っていた、もう一人の下男です」

「まさか……おまえが捕らえたのか」

「言ったじゃないですか。護身術くらい身に付けてると。……投げ飛ばしたら、打ち所が悪かったのか意識を失ってしまったんですよねぇ」

　素月は男を耀天のところまで連れてくると、疲れたように息を切らして両膝をついた。

「はぁ、疲れました」

　そして彼女は仰向けに寝転び、いつの間にか夕焼けに染まった空を呆けたように見上げる。耀天は思わず、しかめっ面で素月の顔を覗き込んでいた。

「なんですか」

「危ない真似をするな！」

　素月は能力を行使するたびに体力を削る。それなのに、男を捕らえに行くなんて無謀すぎるだろう。

「あなたほどじゃありません」

「俺は良いんだよ」

「どんな理屈ですか、意味が分かりません。あなたこそ危なっかしいんですよ。火の中に一人で飛び込んでいってしまうし。ならわたしは、火の回りがこれ以上広がらないようにするしかないじゃないですか。この場で動けるのは、わたししかいなかったんですよ。麗雪さんはあの男の側から離れるわけにはいかないし、せっかく捕らえた商人たちが焼け死んでも困るじゃないですか。……それにわたし、炎が死ぬほど嫌いなんですよ」

　素月は忌ま忌ましそうな感情を声に乗せた。

「……その火傷痕に、関係があるのか」

出会った時からずっと気になっていたことを、耀天はついに問いかけた。安易に触れてはいけないと感じていた、彼女の核であろう部分。

素月は灰色の目を静かに向けた。

「そうです。炎を見ると、どうしても思い出してしまうんですよ」

「火事に、巻き込まれたのか」

「いいえ。──人の手によって焼かれたんですよ」

口にすると同時に、素月の目には厭悪の色が浮かんだ。口元には皮肉げな冷笑。初めて見る、彼女の剝き出しの感情。

耀天は息を呑んだ。

素月は目を眇めると、耀天の視線を振り払うように顔を横に背けた。この会話はここまでだと言わんばかりに。

彼女のことはいまだによく分からない。けれど、彼女が黄泉に足を踏み入れてしまったのは、それが原因に違いない。

火傷痕は首から頬にかけてしか見えていないが、衣服の下──隠れている部分にもあるはずだ。

一体、どんな思いを抱えて彼女が今まで生きていたのか。言葉では表すことができない

ほどの、苦しみを抱えてきたに違いない。思わず彼女の頬に指を伸ばしかけたが、

「あれは……。劉蓮花と同じ衣裳」

　素月の言葉に、耀天は気づかれぬように手を引っ込めた。彼女の視線の先にあるのは、文慧と呼ばれた少女の遺体だ。

　一体自分は何をしようとしていたのか。耀天は頭を振って、素月の側に腰を下ろした。

「監禁部屋で見つけた。……おそらく、冥婚の相手として売られる算段だったんだろう。雷文が抱えていた少女は救うことができたが、彼女は手遅れだった」

「……人間の風上にも置けない男ですね。少女を攫（さら）わせて、犯して、殺して、死体を売り飛ばす。反吐（へど）が出ます」

「本当にな。……彼女は殺されて、まだ間もない印象だった。あと一日、二日でも早く駆け付けられていれば、助けられたかもしれない」

　耀天は先程抱えていた思いを、つい口にしてしまった。口にしてしまえば、言いようのない無念さが急に込み上げてきて、地面の砂を握りしめた。今、このような会話をしている場合ではないというのに。

　すると、素月はいつもの冷めた瞳を耀天へと向けた。

「彼女が死んだのは、あなたのせいではないです。殺したのは藍栄進、それだけが事実。あなたは事件の真相に辿り着き、仲間と、一人の少女を救いました」

感情の読みにくい灰色の目。けれど彼女は嘘をつかない。率直な性格をしている彼女の言葉に、胸のつかえがすとんと落ちた感じがした。

耀天はひとつ深呼吸をすると、素月を肩に抱え上げた。俵を担ぐかのような格好だ。

「外に出るぞ」

「あの、自分で歩けるんですけど」

「嘘つけ。へとへとなくせに」

「ご飯を食べたら回復します」

「後から食わせてやる。とにかくじっとしてろ」

「あ、旦那！」

外に少女を出した雷文が一人で戻ってくる。

「こいつを外に出してくる。あっちの部屋におまえを攫った商人二人と、伸びてる下男がいる。商人二人は歩けるはずだ、連れてきてくれ」

「分かった！」

雷文はまだ女装姿のまま、大股で走り抜けていく。商人二人が彼の正体を知ったら、さぞ驚くことだろう。攫った少女がまさか男だったなんてな。

耀天は屋敷の外へ出ると、素月を地面に降ろした。

「いいか、じっとしてろよ」

「分かってますよ。その代わり、たくさんご飯を食べさせてくださいよ」

「あぁ」

耀天は屋敷の中へと戻るべく踵を返したが、あることを思い出して足を止めた。

「おい」

「なんですか」

耀天は素月を振り返った。

「事件を解決できたのは、おまえの力があったからだ。……助かった、ありがとう」

すると素月は目をまん丸くし、素直に礼が受け取れないのか、どこか居心地が悪そうに目を逸らした。耀天は思わず小さく噴き出した。

彼女の頬が、照れたようにほんのりと赤みを帯びたように見えたのは気のせいか。それとも赤々とした夕日のせいだったのか。

まぁどちらでも構わないかと、耀天は屋敷の中へと駆けだした。

＊＊＊

「素月、ちょっと食べすぎじゃないかい」

妊婦のように膨らんだ腹を擦る素月に、銀華茶房の主である玉春は苦笑した。

先程まで皿の上に積まれていた月餅は、全て素月の胃袋の中だ。

「先日よく頑張ったんで、そのご褒美です」

出された茶で一服し、素月は満足げな表情を浮かべた。あの事件から、一週間が経過しようとしていた。

「まぁ確かに……。事件の話を聞いただけでも、許せないし、憤りしかないね」

少女誘拐事件のあらましを一通り聞いた玉春は、顔を顰めて言った。それは素月としても同感で、手元に視線を落として深く頷いた。

耀天から聞かされた事件の真相。

首謀者である藍栄進は、自分の性癖を満たすためだけに、商人を使って少女を攫わせていた。協力した商人たちには対価を支払い、用済みとなった少女たちの遺体は媒人に売り払う。そして媒人は、少女たちの遺体を冥婚の商品として闇で売りさばき儲ける。

皆がそれぞれの利益を得る、よくできた仕組みだ。

国の中枢を担う、高官の息子が引き起こした事件とだけあって、世間では一段と騒がれている。

事件解決への手掛かりとなった劉蓮花の遺体は、無事に家族の元へと返された。耀天たちが裏でうまく手回ししてくれたらしい。

彼女が無事にあの世へ旅立てたのか、姚鴻文の一族は悪夢から解放され、先日素月に礼を言いに来てくれた。彼らは安堵して帰っていったが、素月の心のうちは複雑だ。

　事件に巻き込まれた被害者たちは、あまりに多すぎた。

　劉蓮花をはじめ、あと一歩のところで、助けられなかった文慧という少女も。そして彼女たちを失った遺族たちも。事件の全容はまだ明らかになっていない。明るみに出る犠牲者はこれからも増え続けるだろうと耀天は言っていた。

　商人らが少女を売りさばいた相手は、藍栄進だけでなく、別の人間にも売りさばいていたというのだ。ただそちらの方は足取りが摑めず、手掛かり一つないという。

(本当に、ろくでもない人間が多すぎるね)

　薄気味悪さだけを残して、事件は終幕となるのだろうか。

　己の欲を満たすために他者を容易く踏みにじる。そんな彼らは、被害者の気持ちを考えたことなどないのだろうか。

(……被害者、か)

　今回の事件で保護された少女が一人いる。

　彼女はひどく憔悴しきっていて、今は麗雪が付きっきりで面倒を見ている。少女はふとした瞬間に混乱状態に陥り、精神が落ち着かないそうだ。

　親元には帰れず、閉じ込められて蹂躙され、同じ境遇の少女を目の前で殺されて。心に負った傷はそう簡単に治ることはない。

素月とて同じだ。彼女の気持ちはよくわかる。おぞましい記憶は幾度となく蘇(よみがえ)る。

「ここにいたか」

すると、どうしてか耀天が一人で現れた。

玉春は「邪魔しちゃ悪いね」と目を細めて笑って、店の奥へと姿を消す。

一体どういう意味だと思いつつ、素月は耀天を見上げる。愛想の欠片(かけら)もない、相変わらずの仏頂面である。

彼は、卓の上にある空の皿と素月の膨れた腹を見比べていた。

「何を食べたんだ」

「月餅を十個ほど」

素直に答えれば、耀天の顔が引きつった。

「食べすぎだろ、おまえ」

「先日頑張った自分へのご褒美です」

「飯をたらふく奢(おご)ってやっただろ」

「それはそれ、これはこれですよ」

耀天は眉間を揉(も)みながら、卓を挟んで目の前に座った。

「おまえの胃袋が理解できん」

「別に理解してもらわなくて結構です。それより、何の用でしょうか」

どうせ夜になれば、屋敷で顔を合わせるのだ。それなのに会いに来たということは、何か急ぎの理由があるのだろう。

「おまえに仕事の依頼だ」

「え。あなたがですか？」

「いや……。先日、助け出した少女からだ」

素月は灰色の目を瞬（しばたた）かせた。

第四話　贄と呪い

「はじめまして、わたしは游喬と申します」

耀天に伴われ、素月は麗雪の自宅を訪れていた。目の前に座っている少女は、先日保護された少女だ。歳は十五、六といったところか。顔色は青白く、目元には陰りがある。それでも心は落ち着いているように見えた。瞳がしっかりと素月を捉えている。游喬の傍には麗雪が控え、安心させるように少女の華奢な手を握っている。

「はじめまして、段素月と申します。わたしにご用とは、一体どういったことでしょうか」

彼女の体を労わる言葉など、素月は口にできない。大丈夫か、などと軽々しく聞いたところで何になる。彼女を一目見れば分かることだ。大丈夫なわけがない。ただ彼女は過去にあったことを受け入れ、生きていくしかない。心に負った傷を、痛みを全て抱えて。

素月にできることといえば、彼女の要望を聞くことくらいだ。

「あの、わたしを、助けてくれたと聞きました。ありがとう、ございます」

彼女の声は今にも消えそうなほどに儚げだ。口調もたどたどしい。けれども懸命に伝えようとしてくれているのが、彼女の瞳から伝わってくる。

素月は緩々と首を振った。

「あなたを助けたのは捕吏の方々です。わたしは、ただ手助けをしたにすぎませんよ」

「それでも……感謝、してます。……あの、わたし、あなたに相談したいことがあって」

「わたしに？」

驚く素月に、游喬は小さく頷いた。

「突然、すみません。方士様とお話しできる機会なんて、そうないから。……実は、村のことで相談があるんです」

少女から仕事の依頼を持ち込まれることは初めてだ。過度な報酬は期待できないが、話を聞くだけ聞いてみるか。弱り果てている少女の願いを無下に断るのも気が引ける。

それにだ。まさかここで断る訳ないよな、という麗雪と耀天の無言の圧力を感じる。

（そこまで腐ってはいませんよ）

飄々と生活しているが、一応、人として最低限の礼儀は持っているつもりだ。

その辺りは暁陽に叩き込まれている。

「聞きましょう」

游喬の目に、僅かな安堵の色が浮かんだ。

「ありがとうございます。……あの。さっきも伝えましたが、わたしが暮らしている、村のことなんですけど」

「はい」

「その……。わたしの、友達を助けてほしいんです。……このままだと彼女は、生贄となって、死んでしまいます」

彼女の言葉に、場の空気が凍てついた。

生贄という言葉に、素月の口の中が急速に苦みを帯びる。過去に負った激しい痛みを思い出し、火傷痕が疼き出す。腹の底に抑え込んでいる、黒々とした感情と共に。

「生贄って……。今じゃもう、法で禁じられているんじゃなかったっけ」

「一般的にはな。だが都から離れた古い土地じゃ、今も密かに続いていてもおかしくないだろう。現に今でもいくつかの県では、人身御供を巡る訴訟が報告されている」

眉を顰める耀天たちに、游喬は睫毛を伏せた。

「わたしの村では、昔から人身御供の風習があったようです。なんでも、土地の荒神を鎮めるためだとか。でも、国が禁止して以降は風習が途絶えていました。だから、わたしも言い伝えくらいでしか、聞いたことがなくって。……でも最近、不可解なことが起こって」

「不可解なこと？」

「はい」

游喬の表情が曇りを帯びる。

「村の男性が豹変して、村人を襲うんです。まるで何かに、取り憑かれたように。怖いことに、襲っていた間の記憶はないようで……。皆が、荒神の祟りだと、言い始めて……。生贄を捧げていないからだ、と。それで、わたしの友達が、生贄に選ばれて……。儀式が執り行われるのは、来月——黄鐘に入ってからだそうです。今はまだ、応鐘だから、無事だと思うんですけど」

「それで、その友達を助けてほしいというわけですか。祟り騒動を解決して」

「はい。実は都に一人でやってきたのも、誰でもいいから、方士様を探していて。村の人は皆、見て見ぬふりをして、相談できないから。わたしの親にさえも……。だから、外に助けを求めるしかできなくて……。でも探している途中で、あの商人が力になってあげようって……」

そこで游喬は言葉を切った。そこから先は、言わずとも十分に理解できた。

彼女は友人を救う手掛かりを求めて都に来て、事件に巻き込まれてしまったのか。なんて不憫な話だ。

素月は卓の一点を凝視した。

（それにしても、生贄とはね……）

素月の顔から、いつも張り付けている笑みが消え、ぼんやりとした表情になる。

いというのに。

そもそも人身御供など愚かな風習だ。あんなものは、呪詛を蔓延らせる元にしかならな
虚ろな目をした素月を不審に思ったのか、いつの間にか耀天が顔を覗き込んでいた。

「ぼうっとして、どうかしたか」

「……別に、なんでもありませんよ。報酬はどうしようかなぁ、と考えていただけです」

素月は耀天の顔を引き剝がしながら、適当に誤魔化した。

本当は面倒な仕事はしたくない――が。自分のことで精一杯なはずなのに、友人を心配する少女の願いを断れるはずがないだろう。さすがにここで断れば、師匠にどやされるところだ。

一方少女はそこまで考えていなかったようで、狼狽の色をみせていた。

「……報酬。そう、ですよね」

「おまえ、本当に性格が悪いな」

「うるさいですね、わたしは性格が悪いんですよ。ですから、報酬はあなたから頂戴します」

「は？」

耀天に指を突き付け、素月はにっこりと微笑んだ。

「国で禁じられていることが、彼女の村で行われています。それって犯罪ですよね。つま

り、あなた方の仕事でもあるんじゃないんですかねぇ？　捜査が必要だと思いますけど」

「おまえなぁ」

素月は肩を竦めた。

「わたし一人で出向きます。けれど、犯罪は犯罪です。事件の後処理を、あなた方がしてくれるなら、報酬はそれで結構です」

「なら——」

游喬の目に仄かな光が宿る。

「引き受けましょう、その仕事」

素月は頷きつつも、厄介な仕事になりそうだと先を案じていた。


そしてその夜。

「おまえ、なんで引き受けた」

夕食の後片付けをし終え、茶を飲んで一服している素月の元へ耀天がやってきた。湯を浴びてきたようで烏羽色の髪が湿っている。寝衣を着ていて、襟から覗く胸板は思っていたよりも分厚い。

「なんで、と言われましても。親切心ですよ」

目の前に腰かけるので、素月は残っていた茶を茶杯に注いで差し出す。

「寝言は寝て言え」

「ひどい言い草ですね。言葉がきついと女子から嫌われますよ」

「茶化すな。おまえ、様子が変だったろ」

「よく見てますね、人のこと。暇ですか」

「あのな。曲がりなりにも同居人なんだ、心配して何が悪い」

強い目で睨まれ、はぐらかすのは無理か、と素月は早々に断念した。

それに心配って……。形だけの下女のことなど、気に掛ける必要はないというのに。

職業柄なのか、どうにも耀天たち捕吏は感情の機微を察することに長けているように思う。どんな情報でも取りこぼさないよう五感を使っているというか……。言葉は悪いが目ざとい。

だが今ここで話してしまうと、自分の身上話をするはめになる。それは避けたい。引き受けた仕事を放り出してしまいそうに——怯んでしまいそうになるから。

どうやって説明しようかと、素月は思案しながら慎重に言葉を選ぶ。

「骨の折れる仕事だな、と思ったんですよ」

「おまえでもか？」

「おまえでもって……。言っておきますが、これでもまだ、経験も力も師匠には遠く及びません。それに都人の方々には分からないと思いますが、村っていうのは思っているよりも閉鎖的です。正直、生贄信仰のある村に入って、無事に出られるとは思っていません」

「……無事にって、どういう意味だ」

　耀天の眉間に深い皺が刻まれる。

「そのままの意味ですよ。儀式を中止しようとすれば、おそらく村人たちの妨害にあいますよ」

「生贄を捧げたところで何の意味もないのにか」

「天候とかならそうでしょうが、今回の場合はどうでしょうね。生贄を捧げたことで荒ぶる魂魄が収まる例もあります。しかしそれは、延々と続く一種の呪いのようなもの。……愚かなことに、昔は方士が生贄を用いて方術を行っていた事例もあります。けれどそんなことは、してはいけないんです。その場しのぎの方法ではなく、根本的な原因を取り除かないと、なんの解決にもなりません」

「根本的……。おまえの仕事のやり方だな」

「ええ。師匠の教えで、禍根を後世に残さないためにです。……少々話がずれてしまいましたが、ともかく生贄信仰は、あなたが考えているよりもたちが悪いんです。あれは、異常です。生贄は人ではなく、神聖な供物としか思われていません。それを奪ったり、止めようとすれば、必ず彼らはわたしを邪魔しにかかるでしょう。だから、万が一の場合の後処理をお願いしたいんですよ」

「おまえの言う後処理っていうのはなんだ」

「ですからわたしが帰って来なかった場合、それを理由に捜査してくれればと。事が起こる前に村へ入っても、証拠はありません。なにも起きていないのですから。けれどもし、わたしの身に何かあれば、それを口実に捜査ができますよね？　それを頼もうと思いまして」

なるべく明るく淡々と伝えたつもりなのに、どうしてか奇妙な沈黙が生じた。不思議に思って耀天の顔に視線をやれば、彼の目には剣呑な光が宿っている。思わず気圧されて、素月は息を呑んだ。沈黙の上を、静かな怒気が這っているように思えた。

「……あの、なんで怒っているんですか」

耀天と違って感情の機微に疎い素月は、彼に尋ねた。

「分からないのか」

「分からないので聞いています」

さらに苛ついたのだろう、ついには舌打ちをしてきた。

「え、態度が悪すぎませんか」

「おまえの頭が悪すぎる。なんで、自分を犠牲にすることが前提なんだ！」

声を荒らげる耀天に、素月は首を傾げるしかない。

「犠牲と言われても……。素直にやられるつもりはありませんが、万が一の保険をかけておこうと思っただけですよ」

打つ手は多ければ多いほど良いだろう。

「俺は、誰かを犠牲にすることは死んでも御免だ」

耀天が唸るように言葉を発する。

（その誰かに、ご自身も勘定に入れて下さいよね）

口にしたところで、耀天は真面目に取り合わないだろうから心中で呟いておく。

彼は、過去に起きた出来事から己を責め続けている。それが今の彼を形成しているのだろうが、自己犠牲は美徳でないと素月は思っている。

「まだ犠牲になるとは決まってませんよ」

素月はきっぱりと言い放った。正直危険はあるが、素直に死んでやる性格ではない。

灰色の目と、耀天の黒々とした目が真っ向から衝突する。

「……なら、俺も行く」

「何言ってるんですか。役人なんかが来たら、警戒されてしまいますよ」

「游喬を保護したのは俺たちだ。彼女を送り届ける体で村へ入れば何の問題もないだろう」

「それは……」

まぁ、ごもっともな言い分だが。

「おまえも俺の仕事に勝手についてきたんだ。俺がついていっても文句はないだろ」

なんとも反論しにくいところを突かれ、素月は言葉に詰まった。確かに思い返せば、無理やりついていった覚えはある。

それに耀天の眼差(まなざ)しは、拒否することを許さない強いものだ。

考えることも面倒になった素月は、もうなんでもいいか、と根負けして頷いた。


その翌々日、素月は耀天と游喬と共に馬で駆けていた。目的地は游喬の住む村だ。

彼女は田舎出身ということで、馬の扱い方に慣れている。一番慣れていなかったのは素月で、たまにしか乗らない馬に振り落とされないように必死だったが、半日もすれば馬上で考え事くらいはできるようになった。

游喬の友人で、生贄(いけにえ)とされるのは愛蘭(あいらん)という名の少女。游喬の二つ年下で、九人きょうだいの末っ子だそうだ。なんでも村で一番子が多い一家で、それが原因で白羽の矢が立ったのだろうと游喬は言っていた。

(まぁ、それだけじゃないだろうね)

おそらく両親の思惑もあるだろう。話を聞けば、愛蘭のきょうだいのうち二人が、口減らしのために村から連れていかれている。生贄として子を献上する代わりに、村からの何かしらの見返りがあるはずだ。

素月はそういう事情を誰よりもよく分かっている。

他の誰でもない、自分がそうだったからだ。――かつて自分は生贄だった。

素月はぼんやりと空を見上げた。秋天を薄いすじ雲がゆっくりと流れていく。

確か、あの頃もこんな季節だっただろうか。

草紅葉の草原を駆け抜けながら、素月はそんなことを思った。


「ここが、わたしの村です」

草原を抜けて山の谷間を縫ってたどり着いた先に、游喬の住む村はあった。田畑が広がり、水車小屋も見られる。すでに空は、夕焼けに赤く染まっていた。

游喬の姿を見た村人が驚いた声を上げた。すぐさま、とある一軒の民家に駆け込んでいく。するとすぐに、夫婦と思われる男女が転びそうな勢いで飛び出てきた。

游喬の姿を認めると、二人は一直線に駆けてくる。游喬の目には薄っすらと涙が浮かぶ。

「――游喬！」

「お父さん、お母さん！」

少女も駆け出し、二人の胸に飛び込んだ。

人身御供の件はひとまず置いといて、再会できて良かったと、素月と耀天は視線を交えて頷いた。騒ぎを聞きつけた村人がわらわらと集まってくる。

「お父さん、お母さん。二人が助けてくださった。本当に、なんとお礼を言えばいいのか。ぜひとも今宵は、ゆっくりして行ってください」

「ありがとうございます」

村人たちも同様に、安堵した様子で見守っている。ここまでは想定内だ。

（さて……。ここから鬼が出るか蛇が出るか）

人々の笑顔が、素月にはどうしてか不気味に映る。人身御供の話を聞いてしまったからだろう。どうにも気持ち悪い。人々の顔がお面を被っているように――善良な顔をした悪鬼に見えてきて、素月は思わず顔を背けた。この感覚はしばらくなかったのに。

「どうした」

耀天が訝しげに顔を覗き込んでくる。

「いえ……。別になんでもありませんよ」

素月は首を緩く振り、今後のことを考えようと意識を逸らす。

苛立ちなのか、かつての恐怖なのか、様々な感情が霧のように素月の心を覆っていく。

その後、游喬の身に何があったのか、彼女のいないところで耀天は夫婦に説明した。まだ経緯を口にすることができない彼女の代わりに、言葉を選んで極力丁寧に。もちろん游喬には事前に許可をとってある。

早馬で予めおおまかな経緯を聞かされていたからか、夫婦二人は大きく取り乱しはしなかった。しかし悲しみとも怒りともとれる、なんとも言えない感情が表情に表れていた。

游喬の父親は妻の肩を抱きしめ「大事な愛娘が帰ってきてくれた。……今は、それだけで良いと思うことにします」と耀天に言った。そして、皆でゆっくりと乗り越えていきますと。溢れだしそうな感情を必死に抑え、絞り出すように告げられた言葉。それは彼らの覚悟のようにも思えた。

游喬がいかに大切に思われているか、その言葉だけで十分に伝わってきた。

親とはこういうものなのかと、素月は耀天の横で見ていて漠然と感じた。

そういえば、水鬼の時もそうだ。親が子を想う気持ちを、子が親を想う気持ちを、素月は理解できなかった。

おそらく今でも分からない。自分は知らないから。家族から愛されたことも、家族を愛したこともないから。大切な友もいない。

ただ師匠である暁陽だけが、唯一の拠り所であった。自分を救ってくれて、自分を認めてくれた人だったから。

（……でも。今のわたしには、誰もいないんだな）

耐え忍び、前へ進もうとする游喬の両親を眺めながら、素月はそっと睫毛を伏せた。

素月の中で何かが揺らぎ始めていたが、今は知らないふりをした。

「本当に、娘を助けていただきありがとうございました。なんとお礼を申し上げていいのやら」

夜も遅かったので、素月たちは游喬の家に泊めてもらうことになった(もとよりそれが狙いだったが)。游喬の父親は游尚(ゆうしょう)、母親は胡文珠(こぶんしゅ)といって、どちらも穏やかな人となりだ。

二人は山菜の塩漬けに、羹(あつもの)、鶏(とり)の塩焼きを出してくれ、酒も振る舞ってくれる。

「お礼にもなりませんが、たくさん食べてください」

「ありがとうございます」

では遠慮なく、と箸を伸ばして素月は羹を口にする。きのこと根菜類から良い出汁(だし)が出ている。

優しい味付けにほっこりしていると、耀天も洗練された所作で食事をし始めた。

そういうところを見ると、やっぱりお坊ちゃんだなと思わざるを得ない。

皆で当たり障りのない会話を交わしながら、生贄の少女についてどうやって話を聞こうと素月が思案していると、游喬自ら口を切ってくれた。

「ねえ、お父さん」

「うん？」

「愛蘭は、どこにいるの。姿が、見えなかったわ」

一瞬にして緊張感のある静寂が落ちた。素月は夫婦二人の顔を覗き見る。二人の顔は文字通り強張っていた。それどころか、焦燥の色が浮かんでいる。

「游喬、その話は……」

「わたし、お二人に、相談したの」

「おまえ──！　それは、村の秘事だと言っただろうっ」

游尚が声を張り上げた。

「だって……。やっぱり、おかしいもの。どうして、愛蘭が犠牲にならなきゃいけないの？　見て見ぬふりをして、生きていけっていうの？　もし、わたしに白羽の矢が立っていたら、お父さんとお母さん、どんな気持ちだった？」

恐々と、けれども游喬はしっかりと胸の内を告げる。

「わたし、思ったの。攫われて、もう終わりだって思った。穢されて、その上死ぬんだって。これは罰なんじゃないかって……。愛蘭が選ばれて、心配しながらも、安心した自分も、いたから。ああ、罰が当たったんだって。わたしは卑怯者なんだって……！」

游喬は目尻に涙を浮かべ、下唇をキュッと噛んだ。

「お父さん、お母さん。わたしが、どれだけ怖かったか分かる？　殺されるって、分かっているのかなって……。ああ、愛蘭はどんな気持ちで、過ごしていて、諦めようとしても、結局怖くって……。だって、まだ生きている。わたしは、運よく助けてもらった。でも、愛蘭を見殺しにしたくない。……わたしは、運よく助けてもらった。でも、死んでしまったらもう――！」

そこで言葉を切り、彼女は手に顔を埋めた。監禁されていた地獄の日々を思い出したのだろう。声を殺すようにして泣く娘の肩を、母親の文珠が強く抱き寄せた。

「ごめんね、ごめんね游喬。……あなたは、卑怯者なんかじゃないわ。とっても優しくて、強い子よ。……卑怯者は、わたしたち大人よ」

一時声を荒らげた游尚も、娘の言葉の前に力なく項垂れた。

「……そうだ。俺たちこそが卑怯者だ。……すまない、游喬。こんな親で、すまない」

游喬の言葉には、誰も反論できないほどの重みがある。当然だ。短期間とはいえ、迫りくる死を見つめて過ごしてきたのだから。

耀天は酒杯に注がれていた酒を飲み干すと、静かに盆の上に置いた。

「法で禁じられている行為を、俺も看過できません。あなた方に累が及ばないようにします。ですから、詳しい話を聞かせてもらえませんか。生贄とされるその少女は、まだ無事なのですか」

彼の声は夫婦二人を責めるものではなく、落ち着いたものだった。

問われた彼らは視線を交わし、どちらからともなく頷いた。

「愛蘭は無事です」

　游尚が話し始める。

「ただ、逃げ出さぬよう、長が所有する小屋で軟禁状態ではありますが……。どこまで娘からお聞きになったのか分かりませんが、この村では、荒神の祟りを鎮めるため、少女を度々生贄として捧げていたようです。村の奥──裏山には聖域とされる場所があります。そこには井戸のように深い竪穴があって、生贄となった少女は、そこに捧げられていたそうです。なんでも曾祖母の代まで続いていたとか。けれど法で禁じられて以降は、風習は立ち消えになりました」

「その後、その祟りとやらは？」

「……この間までは、何もなかったんです」

「でも、つい最近祟りとやらが起こった。お嬢さんから、豹変した村の男性が村人を襲ったと聞きましたが」

「……そうなんです」

　游尚の顔に、怯えのような暗い影が走った。

「あれは確か、半年くらい前だったか？」

　問われた文珠の顔も同じような表情をしている。

「ええ。ちょうど雪解けの季節だったと思うわ」

「本当に突然のことで。皆が寝静まっている夜に、村に住むある男がおかしな様子で、稲刈りの鎌を持って、自分の家族を襲ったんです。両親、妻、子供と見境なく。幸いなことに、傷を負いましたが皆の命は無事でした。男は村の皆に取り押さえられて、気を失って。でも、彼が次に目覚めた時には、何も覚えていなかったんです。俺たちは、彼が嘘(うそ)をついていると思いました。彼を小屋に捕らえ、役所に突き出すか話し合っている最中のことです。さらに、恐ろしいことが起こったのは」

「今度は、別の男性が豹変したんですか」

「その通りです。悲鳴を聞いて駆けつけると、今度は別の男性が、自分の妻を嬲(なぶ)っていました。そして彼もまた、自身がしていたことを覚えていなかったんです。さすがにおかしいということになって、偶然村を通りかかった方士様に上役が相談したんです」

「——方士？」

今まで黙って話を聞いていた素月が目を細めた。

「それは女性ではなかったですか？」

「いえ、男性だったとお聞きしています。わたしは直接会っていないので分かりませんが」

「……そうですか」

もしや師匠かと思ったが違ったか。しかしどこの方士だろうか。最近では数が少なく、同業者の話は滅多に聞かない。落胆した素月に、游尚は首を傾げる。

「あの、何か？」

「いえ。わたしの師匠が行方不明なもので、もしや、と思っただけです。あ、申し遅れましたが、わたしは捕吏でなく方士でして」

「方士……。そうだったんですか」

「はい。それで、その方士は何か言っていましたか」

「なんでも、結界と言っていましたか……。法で人身御供が禁じられた際、祟りが起こらないよう、当時の方士に術をかけてもらったようなんですが。残念ながら時が経ちすぎて結界が寿命を迎えているそうで。しかも今となっては、荒神はあまりにも禍々しくて手に負えないと。一時しのぎで術をかけても長い期間は持たないから、冬が来る前に生贄を捧げるようにと言われたようです。それで、愛蘭が選ばれて」

「おい、結界ってなんだ」

　耀天が素月に説明を求める。

「おそらく封鬼のための結界かと。祓うことのできない、荒ぶる幽鬼を封じるんです」

「祓えない？」

「ええ。幽鬼は時間が経過するほど自我が保てなくなります。人であった時の記憶も薄れていく。なんといいますか、自我を失くす代わりに、幽鬼としての力が増すとでもいいましょうか。おそらく、それが今回荒神とされているものの正体かと。わたしたち方士とて、万能ではありません。力が及ばず、祓えないこともあります。そういう時は止むを得ず封じます」

「よく分からんが、それをおまえが施したらいいんじゃないか」

「結局は一時しのぎですよ。いつかは効力を失います」

「なら、生贄を捧げ続けるしかないと？」

「ここへ来た方士はそう判断したのでしょうね」

冷めてしまった羹を飲み干し、素月は口元を手の甲で拭った。

（詳しいことは、調べてみないと分からないか）

荒神と呼ばれるものの正体に、生贄となる少女。夜中に豹変して、家族だろうと見境なく襲う村人。豹変した彼らに記憶がないことから、おそらく憑依と考えるのが妥当だろう。幽鬼は時折眠っている人間の体に入り込み、意識と肉体を短時間奪うことがある。それを素月たち方士は憑依と呼んでいる。

村を訪れた方士が聖域に封鬼を施し、憑依による騒動が止んだということは、この村でいう荒神というのは幽鬼を指しているに違いない。

村人の男性が憑依されていることを考えると、その幽鬼は男の可能性が高い。

男性は陽、女性は陰。それは幽鬼となっても変わらない。つまり、幽鬼が憑依できるのは同性の肉体だ。

だがその幽鬼はなぜ、少女を捧げることで鎮まるのか。

もしや求めているのか？　先日のおぞましい事件のように、少女たちを。

（……分からないことが多い。情報が少なすぎる）

知らず知らずのうちに素月は唸っていた。

「村の歴史に詳しい方はいらっしゃらないのでしょうか。それか、村の記録など残っていれば助かるのですが」

「さぁ……。風習が途絶えてから随分経ちますから。長老たちですら、何も分からないようです。ただ、記録なら代々の村長が書き残しているかもしれません」

「そうですか」

なら、今から調べに行くしかないか。気になったことは、すぐにでも調べないと気が済まない質だ。

素月は残っている鶏肉を口いっぱいに放り込んだ。せっかくの肉だ。食べて力を蓄えておかないと。

「おまえ、喉詰まらせるぞ」

「らいびょうぶでふ」

咀嚼すると、素月は酒で流し込んだ。ふう、と満足げな息をついて耀天を振り返る。

するると彼は、呆れ顔で箸を置いた。

「行くんだな」

「あら、読まれてましたか」

「おまえ、気になるとじっとできないからな」

「よくお分かりで」

「短い付き合いだが、それなりに濃い付き合いしてるからな。おまえとは」

「いやらしい言い方しますねぇ」

「ふざけるな。でなけりゃ二人揃ってこんなところに来てないだろ」

「……ま、確かにそうですね」

肩を竦めて笑うと、素月は夫婦二人に向き合った。

「お手数なんですけど、竪穴への道順を教えてくれませんか」

「まさか、本当に今から行かれるんですか」

「今日は満月で夜目が利きます。人目につかず行動するにはもってこいかと」

というより、今宵しか時間がない。明日になっても帰ろうとしなければ、村人たちは不審に思い警戒するかもしれない。とはいえ、今でも誰の目が光っているのか分からないが。

竪穴までの道順を教えてもらい、素月と耀天は立ち上がった。

「あなたたちは、たとえ俺らの身に何かあったとしても無関係を装ってください」

「そんな！」

「俺たちに情報を洩らしたと、あなた方が標的にされる恐れがあります。それでも問い詰められたら、俺らに脅されて白状したとでも言えばいい」

「ですね」

素月も耀天に同意して頷いた。

「あの、ごめんなさい。わたしがお願いしたばかりに」

困った顔をして詫びる游喬に、素月は笑ったまま首を振る。

「気にしないでください。これがわたしたちの仕事ですから」

そう短く言い残し、素月たちは行灯を受け取り外に出た。とはいえ、仕事は仕事だが解決できるかは別問題だ。

真ん丸とした満月が浮かぶ夜空の下、二人は足音を忍ばせて歩き始める。

周囲の家々からは灯が漏れている。一家団欒、夕餉をとっているのだろう。

こうした光景を見ていると、どうしても過去を思い出す。温かな灯に包まれる中に、自分が入ることは許されなかった。

皆の夕餉の準備をし、片付けて、その後に自分の粗末な食事をとり、夜中まで機織りをして、藁の上で僅かな時間眠り、鶏が鳴く前に起きて皆の朝餉の準備。自分の朝餉が終われば畑を耕す生活。ずっとその繰り返し。ただただ命令されるだけの生活。

『おまえは不吉な子だからね。村においてやってるだけでも感謝するんだ』

村中の誰もが、同様の言葉を素月に浴びせた。

素月には分からなかった。どうしてそのような扱いを受けるのか。

分かっていたのは、素月を産んだ母親という人物が、魃母（ばつぼ）として殺されたということだけだった。——灰色の目をした、素月をこの世に産み落として。

「おい、何を呆（ほう）けてんだ。よそ見してたら転ぶぞ」

耀天が素月の頭を軽く叩（たた）き、前を歩く。

「あ、すみません」

素月は耀天の後を静かについて歩く。月明かりがあるとはいえ、自分の足元に注意しておかなければ少しの段差で躓（つまず）きそうになる。

裏山へ入る目印――石柱の横を通り過ぎてから、耀天は素月を振り返らずに尋ねた。

「……おまえ、本当にどうした」

「え？」

「村に来るあたりからぼうっとしてんだろ。いつもの軽口も少ないし」

「そうでしょうか」

裏山に入り、二人は辺りを警戒しながら登っていく。

「何かあるのなら吐いておけ。少しくらいなら聞いてやる」

「話したところで面白い話でもないのに？」

「構わない。おまえの独り言だと思って聞いといてやる」

独り言ってなんだと思いつつ、遠のいていく家々の灯を振り返ると、どうしてか口が自然と開いた。

「……わたしも、同じだったんで」

「同じ？」

「わたしも生贄だったんですよ。雨乞いのために、磔にされて火で焼かれました」

耀天は足を止めて素月を振り返った。そして火傷痕を凝視する。苦々しい表情で。

「まさか、人に焼かれたっていうのは――」

「そういうことです」

素月は両肩を竦めて笑ってみせた。

「……なんで、おまえは笑っていられる」

もどかしいように、居た堪れないように、耀天の顔がさらに歪んだ。声色が感情に揺れる。耀天はぶっきら棒だが感情がないわけではない。むしろ人のために怒り、悲しみ、人に寄り添える男だ。逆に素月は、それがひどく羨ましいと思う。――自分にはできないことだからだ。

「わたしでも分かりません。気が付けば、人形のように笑うことしかできなくなっていましたから。……感情は、もちろんあるんですけどね。どうしてか、うまく表情に出すことができないんですよ」

夜風が地面の上を走り抜け、落ち葉を宙に攫って行く。

歩きながら話しましょう、と素月は耀天の体を前に押し出した。面と向かって自分のことを話すのはどうにも苦手だ。

「なんで、そんなことになったんだ」

「さぁ……。生まれた時から決まっていたんだと思いますよ。わけを話せば長いんですけどね」

素月は耀天の広い背を見つめながら、ぽつり、ぽつりと話し始めた。

素月の母と父は、同じ村の中で結婚した。結婚した翌年に自分を授かったが、その年はひどい旱魃に見舞われていた。

そこで村人たちが、母の腹の中にいる素月が旱魃をもたらす魃鬼であると決めつけ、儀式の中で母を折檻したのだ。それがどのようなものであったのか、自分が知る由はない。

結局、自分は十月にも満たない形で生まれた。母は出産の際に血を多く失い、それがきっかけで亡くなったと聞いている。

「本来ならわたしも殺される予定だったそうですが、母が亡くなって数日後に雨が降り、生かされる形になりました。……なによりわたしの目が灰色をしていて、手にかければ呪われるかもしれないと村人たちは恐れたようです。瞳の色が違うからと、赤子に恐れを抱くって本当に馬鹿ですよねぇ。まぁおかげで助かったので、今となってはこの瞳に感謝してますけど」

「……それで、そのあとは」

「父と、その再婚相手である継母に育てられました」

父は村一番の美男だったが、何せ女癖が悪く、懇ろになった女は数知れず。母が死んだ時もさほど興味がなかったようで、すぐに別の女性と再婚した。

彼女には連れ子がいて乳がでたようなので、自分を育てるのにちょうど良かったのだろう。けれど、自分たちの子が生まれると素月は完全に不要な子となった。

「わたしはこんな目の色をしてますし、初めからさほど好きでもなかったのでしょうね。それに、生まれた時から曰く付きの子供です。物心がついた時には家族という扱いではなく、奴婢のような扱いを受けていました。死なないように最低限生かされている、そんな言葉が一番適切でしょうかね……。自分は家族の輪に入れず、食事は部屋の隅でとらされ、寝床は納屋でした。風呂には入れず、冬でも井戸水で体を洗い、熱を出すことが度々ありました。……わたしのことなど、気に留める者は誰もいませんでした」

素月の足が落ち葉を踏みしめれば、かさり、と音がした。

耀天は何も言わない。竪穴への目印となる石柱を辿りながら、静かに素月の言葉に耳を傾けている。逆にそれが有り難かった。心の澱をひたすらに吐き出せる。本当に、独り言のように。

「わたしに許されたことは、奴婢のように働くことのみ。少しでも粗相をすれば折檻されました。だから不興を買わないように、いつしかこんな愛想笑いしかできなくなってしまって……。感情がないわけではないんですけどね。でも、感情と表情がうまく連動できなくて、さらに皆に気味悪がられてました。それで、わたしが十二の時ですかね。再び旱魃が起こったのは」

素月は冷えた右頬に手をやった。凹凸のある、火傷を負った醜い肌。あの時のことを思い返せば、怒りのせいか、自分を襲った火のせいか、目の前が赤く染まる。

「旱魃が起こり、皆の怒りの矛先はわたしに向きました。おまえが生きているから旱魃が起こるのだと。わたしを庇う人は誰一人いませんでした。家族は喜んでさえいました。気味の悪い邪魔者を始末できるのですから。それでわたしは今度こそ魃鬼として、磔にされて火にかけられたんです。……あの時ほど、死を願ったことはありません。火をつけられ、横風が吹いて炎が揺れて、右半身を焼き始めて。村人たちの間で歓喜の声があがって……。あの場は異常な感情に支配されていました」

異常、という言葉が一番しっくりくるだろう。決して忘れることのない、村人たちの顔。彼らは魃鬼を祓え、殺せと声高らかに叫び、火で焼かれて苦しむ素月を笑って眺めていた。

　一方、目の前を歩く耀天の両の拳は強く握りしめられていた。見えない怒りが靄のように彼の体を包んでいることに、足元を見続ける素月は気づかない。

「どうやって助かったんだ」

「隣の村に滞在していた師匠が、人身御供の噂を聞きつけ駆け付けてくれたんです。師匠はわたしに水をかけ、術を使って村人を締め上げました。師匠は医術にも優れていたので、死にかけのわたしを救ってくれて」

「……あの世へ一度、足を踏み入れたというのはそういうことか」

「ええ。その出来事がきっかけで、わたしは幽鬼が見えるようになったんです。師匠はその事実を知るとわたしを引き取り、方士として育ててくれました。でも暮らしていく中で、師匠以外の人間はどうにも嫌いで。わたしは人から憎まれれど、愛されたことがありません。わたしも人を愛したことがありません。だから土に埋められた明林の気持ちも、水鬼となった清翔の気持ちも分からないんですよ。……でも、最近気づきました。それはただの言い訳で、わたしは今まで全てを諦めて、殻に閉じこもって、他者を理解しようとしなかったからだと。……だから今、こうして因果が巡って来たのかなと思うんです。過去を振り返れ、と言わんばかりに」

　素月の呟きは、闇に吸い込まれるように消えていった。

二人の足音の他に、音は何も聞こえない。静かで暗い夜だ。

素月は下げていた視線を、再び耀天の背中へと向けた。すると視線を察したのか、はたまた偶然か耀天が口を開いた。

「以前話した、李辰のことを覚えているか」

「確か、あなたの恩人で師匠でもあった方ですよね」

「そうだ。……あいつは死に際で、絶望する俺を叱咤してな。——これは犠牲ではなく、誰かが後に繋いでいくだけの話。だから生きて繋げ、とな。……しっかり生きろと、言われた気がしたよ」

後に繋ぐ……。師匠が自分を助けてくれたように、今度は自分が別の誰かを。

ふと、素月の頭上に影がさした。耀天が足を止めて素月を見下ろしている。彼は真っすぐに、素月の灰色の目を見つめていた。

「おまえは変な奴だが、魃鬼ではない。それに人の気持ちが分からないというが、それは違うだろう。おまえは幽鬼のために人のために動くことができる。幽鬼とはいえ元は人だ。それに今、おまえは生きた人を助けようとしている。……おまえは人を信じようと、準備している途中なんじゃないか。確かに、出会った当初はおまえの言動が理解できないこともあった。けれど傍で見ていると、おまえはもがいているように感じる。人と自分を隔てていた殻を、壊そうとしているんじゃないか」

素月の灰色の目が大きく見開かれ、何度も瞬いた。

「……本当、ですか」

「俺にはそう見える。俺だって人をそう簡単に信頼しないが、今のおまえなら信じられる。おまえは俺に前へ進めと言ったな。——なら、おまえも一緒に進め。俺は決しておまえを裏切らない。約束は違えない」

素月に向かって差し出された手。黒々とした目に浮かぶ、眩いばかりの強烈な光。それは深い闇に覆われていた素月の心を一瞬で照らしだした。あまりの突然の感覚に足が竦む。声も出ない。けれど手は、引き寄せられるように動いていた。素月の手が、彼の手に重なる。

耀天は素月の手を握り返し、珍しく笑った。

その瞬間だった——氷のような夜風が、突風となって素月と耀天にぶつかってきたのは。

素月は耀天から手を離し、辺りを見渡した。

気づかなかったが、聖域を示すための縄——注連が木々の幹を伝って張り巡らされている。

「ここはもう、聖域のすぐ傍です」

「なら、例の竪穴はすぐそこか」

「はい」

耀天と素月は足元を照らしながら、注連が囲む聖域へと慎重に足を踏み入れる。

その途端、素月は悪寒に襲われた。禍々(まがまが)しい空気が素月の体に纏(まと)わりつく。思わず息が詰まる。なんだ、この醜悪な空気は。──怨嗟(えんさ)か。

危険だと、素月の本能が警鐘を鳴らした。

耀天の顔を見るが、彼はなにも感じていない。どうやら自分だけのようだ。

彼は先に足を進め、素月を振り返った。

「……あったぞ」

素月は震えそうになる足を叱咤し、彼の元へ急ぐ。竪穴に近づくほどに、怨嗟の気配が濃霧のように濃くなってくる。

耀天の足元には大人一人、軽く入れてしまいそうなぽっかりと開いた竪穴があった。素月は口元を手で覆い、死の淵(ふち)を覗(のぞ)き込む様に恐る恐る覗き込む。

夜ということもあって底は見えない。ただ、得体の知れない何かが潜んでいる気配が薄っすらとする。今にも這(は)い上がってきそうな不気味な気配に、素月は覗き込むことを一旦やめた。やめたというより、顔を背けた。

(なんだ、この禍々しい気配は)

竪穴のすぐ側には小さな石柱があった。苔(こけ)で覆われているが、何か文字が彫られていることに気づく。

「あの、ここを照らしてくれませんか」

耀天が持つ行灯で照らしてもらうと〝淳開三十年〟とだけ彫られていた。淳開は元号を示す。

「百五十年以上、前のものだな」

「百五十年……」

素月は竪穴の周囲を、目を凝らして見つめる。石柱が一つある他に、これといって不審な点はない。だが、最近ここを訪れた方士は結界を施しているはず。となれば、術の跡が残っているはずだ。

（地面にないとなると……）

素月は上を見上げ、なるほど、と理解した。

聖域を示すために張られた注連の中に、封鬼のための注連がさらに張り巡らされている。竪穴をぐるりと囲い込む結界として。

これが壊れてしまえば結界は意味をなさなくなる。

今のところ問題はないようだが、結界を施しても底から這い上がってくる、この禍々しい気配は一体どういうことだ。気配の正体は、一体何だ。

（術が効いているなら、幽鬼が結界の内側からこちらに干渉することはできない。でも、外から幽鬼に干渉することはできるはず。……試してみるか）

今はまだ封じるものの正体も、手段も分からない。少しでも情報が欲しい。

素月は簪（かんざし）を抜き取った。そして中の針を取り出して指の腹に突き立てる。

「祓うつもりか」

「いえ、おそらくまだ祓えません。ただ、情報が欲しいんです。少し、離れていてください。……荒神と言われるだけあって、何が出てくるかわかりません」

素月は意を決して、竪穴（たてあな）の中に自分の血を落とした。

ざわり、と空気が揺らめいた。足元に小刻みな振動が起こり、注連を張り巡らしている木々が葉擦れの音を立てて揺れ始める。冷気が竪穴から噴き出して、辺り一帯を覆いつくしていく。

気配が一瞬にして変わった。その原因はこの竪穴の中にある。

素月は再び、竪穴を恐る恐る覗き込んだ。

何も見えなかったはずの底で、靄のようなものが蠢（うごめ）いている。それが何なのかは分からない。じっと目を凝らしていると、その中から真っ白い何かが、目にも留まらぬ速さで素月に向かって伸びてきた。素月は恐怖に息を呑（の）んだ。逃げ出すどころか、瞬き一つ出来なかった。

伸びてきた何かは、素月の目と鼻の先で止まった。嫌な汗が、背をどっと流れる。

今、素月の目の前にあるもの——それは白い人の手だった。素月を掴（つか）もうとするかのように蠢いている。

（……なに、これは）

恐怖が喉に張り付いて、声が出ない。

落ち着け、と素月は自分に言い聞かせた。術が施されているからには、内から外には干渉できない。恐怖に呑まれるな。現に、幽鬼は素月を捕まえられていない。

逸(はや)る鼓動を抑えながら、素月は視線だけを竪穴の底に向ける。全身が硬直して満足に動けない。金縛りにあっているかのようだ。

すると闇の中から、一対の目がこちらを見上げていた。ぎょろりとした血走った目。

その目が素月を捉えた。にぃ、と笑う。薄気味悪さに、全身の毛が逆立った。

「……誰、あなたは」

それでも素月は、震える声で問いかけた。

――おいで。どこにいるんだ。おいで。

聞こえたのは、ねっとりと張り付くような男の声だった。

これ以上は体が持たないと、素月は術を解いて竪穴から数歩離れた。力が抜けて膝が折れそうになるが、耀天が力強い手で支えてくれる。

「おい、何があった」

浅い息を繰り返す素月を、心配そうに眺めている。

「……男の幽鬼です。荒神の正体は」

「なに？」

「何かを、捜して……。いや、呼んでいるのかもしれません」

「何をだ」

「わかりません」

すると、複数の足音が素月たちの元へ近づいてきた。行灯の光と共に。耀天は面倒そうに舌打ちした。

「そこで何をしている！」

村人たちだ。耀天は刀の柄に手をかけたが、素月は緩く首を振って制した。

「いけません。事態が悪化するかもしれません」

「だが――」

素月は耀天から身を離し、彼らと向き合った。

「あんたら二人が聖域へ入るのを見かけた者がいてな。……なんでここに入った。誰の差し金だ」

素月は深い息をつき、火傷痕を見せつけるようにして髪を耳にかけた。

「この人は役人ですが、実はわたし、方士でして。游喬を助けた流れで同行しただけですが、どうにもこの村には呪いの気配がしてましてね……。游喬たち家族に問いかけても何も言わないので、気になって気配を辿ってきたんですよ」

「気配を辿ってここまで？」

「ええ。わたしは方士なんで気配には敏感ですので。そうしたら封鬼の術が施されているじゃないですか。……あなた方、一体何人の生贄をここに放り込んだのですか？　ここまでひどい怨嗟は初めてです。ここにいる荒神こと幽鬼は、ひどく荒ぶっていますよ」

問い詰めるように言えば村人たちは顔を強張らせ、彼らの中から、白髪の男性が杖をついて進み出た。

「本当に方士だと申されるか」

「ええ。竪穴の中を見ました」

「……何が、見えましたかの」

「――おいで、どこにいるんだ、おいで。男の声が聞こえました」

素月の答えに、村人たちは一斉に恐怖に慄いた表情をした。

「長！　やはり祟りが！　なら一刻も早く生贄を――」

「うらむ……」

長、ということは、彼が村長ということか。彼は唸り、思案するように素月を眺めた。

「……とりあえず、大人しくついてきてもらおうか。人身御供のことを知られて、このまま帰すわけにはいかんじゃろ。まずは、詳しい話を聞かせてもらおうかの」

男たちは、武器の代わりに鎌を手にしている。

素月と耀天は目を見合わせ、大人しく従うことにした。


山を下り、素月と耀天は村長の自宅へと連れてこられた。耀天の刀は取り上げられたが、身体の拘束はされていない。

村長はどういう風の吹き回しか茶を出してくれた。彼は理知的で、落ち着いた人物のようだ。

「いいんですか。俺たちに茶なんか出して」

耀天が尋ねると、村長は読めない笑みを浮かべた。

「構わんよ。だいたいあの場で刀を抜かれていたら、今頃わしらはどうなっていたことやら。おまえさんは、たいそうな手練れとお見受けした。茶で一服でもしながら、交渉したほうがこちらに利があると見ただけのことよ」

食えない爺さんだと呟き、耀天は茶に手を伸ばした。

「それで、俺たちはどうなりますか」

「そうじゃの。村人たちの手前、このまま帰すわけにはいかん。愛蘭と共に、口封じを兼ねて生贄になってもらうしかないじゃろうて。……しかしの、それはあくまでおまえさんたち次第じゃ」

「どういう意味でしょう」

やれやれと、村長は疲れたように話し始めた。

「おまえさんらを愛蘭と共に軟禁する。そうでもせんと、わしの家族が殺されてしまうからの。……だがそこで、おまえさんらが自力で逃げ出すならそれで構わん。それこそ、生贄を連れてな。そうすれば、後は役人が乗り込んできてこの村の秘密は暴かれる」

どういう意味だと素月は首を傾げた。

「でも、愛蘭さんは大事な生贄なのでしょう」

「……ふうむ。おまえさん、やはり游喬あたりから情報を聞いておるの」

しまったと素月は口を閉ざすが、既に時遅し。耀天が呆れているが、村長は食えない笑いを浮かべていた。

「構わん。游喬たち家族を責めたりせん。それに説明する手間が省けたわい。……ただわしは、生贄を捧げねば保つことのできない平穏を断ち切りたいだけじゃ。生贄を捧げて平穏を得る。――それは果たして、平穏と言えるのじゃろうか。仮初めの平穏ではないか」

「なら、あなたは反対なのですか」

「そりゃそうじゃ。なぜ村の子を差し出さねばならん。これから生きねばならん命じゃぞ。

だが、村の決め事で決まったこと。……代替えとなる案もないのに、わしは反対できんかった。年をとっても保身的な愚かな人間じゃよ、わしは」

村長は苦悩に満ちたため息を吐き出した。

「わたしは、あなたは賢い方だと思います。愚かな人は、自分を愚かだとは言わないでしょう」

「……わしはいずれにせよ、おまえさんらを犠牲にしようとしておる。それでもおまえさんは賢いというか」

「犠牲と言いつつ、わたしたちを使って愛蘭を助けようとしているのではないですか。……それに、わたしはかつて生贄として死ぬ運命でした。だからあなたのような考えができる人は、悪い人とは思えないんですよ」

目を瞠(みは)った村長は、素月の顔をまじまじと見つめた。

「そうじゃったのか……」

「ええ。ですからあの聖域について、荒神と呼ばれる存在について、知る限りのことを教えてほしいんです。聖域の石柱には淳開三十年と刻まれていました。何があったのかご存じないのでしょうか」

「何があったか、か。……わしの祖母の代で人身御供の儀式は途絶えてな。それからは儀式がなかったもので、詳しくは伝わっておらん。伝承が途絶えたんじゃ。ただ、石柱に刻まれた年に何があったのかはわしとて調べた」

床に積まれた冊子の中から彼は一冊を抜き取った。それを開き、とある頁を指さす。

「なんでも、この年はひどい旱魃があり初めて生贄を捧げたようじゃ。生贄とされたのはこの村に住んでいた十歳の少女で、名は孫璇璣と書かれておる」

「……十歳」

「そして同じ年に、孫樂という男が亡くなっておる。孫璇璣の父親じゃの」

「同じ年に死亡ですか。死因は？」

「起こった事象しか書かれておらん。だから、どういう経緯で亡くなったのかは分からん。ただ、それ以降じゃ。旱魃ではなく、村人が人を襲うという祟りが起こり続け、少女を生贄として捧げ続けることになったのは。……前に訪れた方士は言った。〝これはこの村の罪〟だと。そしておまえさんは言った。男の声が聞こえたと。今まで生贄となったのは少女のみ。なら、おまえさんが聞いたという声は――」

「孫樂、ということですか」

「おそらくそうじゃろうて。孫樂がどのような経緯で、あの場所に眠っているのかは分からん。自ら命を絶ったのか、それとも当時の村人たちに殺されたのか……。推測の域を出ん」

「でも、あの場所で怨嗟に塗れているところをみると、ろくな死に方はしなかったでしょうね」

素月は茶を飲み干して情報を整理する。

段々と真実に近づいてきた。

孫璇璣という娘は、始まりの生贄として死んだ。彼女の父親である孫樂は同じ年に亡くなった。その後に祟りが起こり始め、少女を生贄として捧げ続けることになった。

そして、竪穴から聞こえてきた声。

――おいで。どこにいるんだ。おいで。

もしや彼は、亡くなった璇璣を捜しているのか。もうどこにもいないのに。

竪穴から抜け出て捜しだそうとすれば、同じ年頃の少女が生贄として度々放り込まれてくる。一時の慰めとして、少女たちの悲しみや苦しみと共に。それが繰り返されていけばどうなる。

孫樂の魂魄(こんぱく)は血と怨嗟に塗れて穢(けが)れていく。救いようがない程に。そして、自我を失い邪鬼となる。封鬼では抑えきれないほどに。

考え込む素月に、村長は申し訳なさそうに頭を下げた。

「そろそろおまえさんたちの身柄を移さねばならん。……勝手ですまないが、後はどうか頼む。外部の者が頼りじゃ。村は狭く、良(い)い部分もあれば不自由な部分もある。皆、それぞれ守る者がおるからの。……じゃが、愛蘭は誰もいないんじゃ」

「と、言われてもな……。大人しく小屋に閉じ込められて、どうやって逃げろと？」

呆れ顔で耀天が尋ねると、村長は懐からとあるものを取り出した。一見したところ、ただの竹筒だが。

「中に火薬が入っておる。それほど威力はないが、壁に穴を開けるくらいはできるじゃろ」

「随分と物騒なものを持っておられる」

「なあに。老いぼれの蒐集物の一つよ。もう、使うこともあるまい。派手にやってくれて構わんぞ」

そう言うと村長は外で控えている村人を呼び寄せ、素月と耀天を隣にある小屋へ連れて行かせた。

彼らを見送る村長の表情からは笑みが消え、形容し難い妙な表情になっていたことに、二人は気づかなかった。

＊＊＊

「入れ」

小屋の中に放り込まれた素月と耀天は、そこで一人の少女に出会った。少女は痩せ細った体を布団の上で丸めていたが、外から錠をかけられた音で起き上がった。起きていたのか彼女の目はしっかりと開いていた。ただ、その目は光がなくて虚ろだ。

　小さな窓からは月明かりが差し込んでいた。

「あなたたちは、誰？」

　ただ、か細い声だった。耀天は彼女の前に膝をついた。

「俺は捕吏で、こっちが方士だ。保護した游喬をここまで送り届けに来た。君が愛蘭だな」

　少女は小さく頷いた。耀天にしては珍しく穏やかな声色だ。少女を怖がらせないようにしているのだろう。

「游喬、無事だったんだ」

「ああ」

「そう……。良かった、無事で」

「そして君を助けてほしいと頼まれた。……一緒に逃げるぞ。手段ならある」

　すると、愛蘭の表情に翳りが落ちた。彼女は耀天から顔を背ける。

「それは……だめ。できない」

「なぜだ」

「外には、見張りがいるし。それにわたしは、どこにも行けないから。わたしは、村のために死ななきゃいけない。みんなに、迷惑がかかるもの。……お父さんとお母さんからも、絶対に逃げちゃだめだって、言われたから」

「それは――」

「……だって、わたしがいなくなったら、次は游喬かもしれない」

耀天は困ったように眉間に皺を寄せ、素月を見上げてきた。

（ちょっと、わたしに助けを求められても）

自分にどうやって説得しろというんだ。自分は人と関わるのは苦手だと、つい先ほど説明したばかりじゃないか。

顔を背ける愛蘭の横顔を素月は見つめた。

彼女は助かる気がない――諦めているからだ。かつての自分のように。彼女の生い立ちを知るわけではないが、あの目は絶望している。どうでも良いのだろう。心の声を押し殺して。いや……押し殺すものでもないか。忘れてしまうのだ、生きる意味を。考えることを放棄してしまっているから。

素月は嘆息した。

正直、生きる意志のない人間を助ける義理はない。素月には関係ないからだ。

目の前の少女が、かつての自分と重なる。

自分も抵抗しなかった。磔にされ、火にかけられる瞬間にさえ。

でも——。

素月は耀天の体を押し退けて、少女の目の前に座った。

「……あの、何と言いますか。わたしはあなたのような人間が嫌いです」

あまりに唐突で予想外の台詞に、耀天がぎょっと驚いて素月を見た。

愛蘭も驚いたのか、顔を思わず素月に向ける。

「わたしは、あなたと同じでした。この火傷痕は、幼い頃に生贄として火にかけられた時のものです。あなたの目は、全てを諦めていて生きる意志がない。かつての自分を見ているようで気分が悪いんです」

少女の視線が素月の火傷痕に釘付けになる。

「……どうして、生きているの」

「助けてくれた人がいたからです」

「でも、そうしたら禍が——」

「禍は、人を犠牲にして解決できるものではありません。特にこの村での祟りとやらは、生贄を捧げ続けたことによって、幽鬼の怨嗟を増幅させていただけのもの。余計な不幸を呼び寄せ続けていただけです」

「でも……そんなことを言われたって。生きていたって、何もないから……。もう、いいんです。どうせ生きていたって、口減らしで、他所に売られていくだけだもの。だから、手段があるなら、わたしには構わず逃げて下さい」

　愛蘭の言葉が弱々しく萎んでいく。彼女は瞼を伏せて素月から顔を背けた。そして背中を丸めて膝を抱える。

　甲羅に閉じこもって動かない亀のようだ。

　あぁ、なるほどと思った。確かに師匠の言った言葉は正しい。本当に、彼女は自分そっくりじゃないか。

　素月は目を細めてゆらりと立ちあがった。

「なら、もうここで死んでしまいましょうか」

　そしてにこりと笑んだ。簪を引き抜いて仕込みの針を手に取る。

「おい、おまえ――」

　耀天が声をあげかけたが、素月は意味を含ませた視線で制した。

　虚ろだった愛蘭の目に、ようやく感情の色が浮かぶ。彼女は動揺している。

　素月は笑みを深めた。

「なんで……」

「なんでって、死んで構わないんですよね？　あなたがそう仰ったじゃないですか。だから今、ここであなたを殺してあげます。どうせ早く死ぬか遅く死ぬかの問題じゃないですか。それに安心してください。わたしは方士なんで、お望み通り、あなたを生贄として捧げてきてあげますから」

じり、じり、と愛蘭は小屋の角へ追いやられていく。素月は彼女の体を押し倒し、腹の上に馬乗りになった。青白い顔をして震える愛蘭の口元を手で覆い、針を振り上げる。彼女の喉元に狙いを定めて。愛蘭の目が恐怖で限界まで見開かれた。

「さよなら」

そう言って、素月は迷いなく針を振り下ろした。


「――やめて！」


素月の手の中で、愛蘭のくぐもった悲鳴が上がった。

「……馬鹿な子」

憐れむ様な呟き(つぶや)が、素月の口から零れ(こぼ)落ちた。

素月が振り下ろした手を、愛蘭が必死に両手で摑ん(つか)でいた。素月の肌には彼女の爪が食い込み、血が滴り落ちていく。

「死ぬということが、どういうことか分かりましたか」

素月は興味を失く(な)したように力を抜き、彼女の上から退い(ど)た。そして荒い息をしながら呆然(ぼうぜん)と見上げてくる愛蘭の頬を手で叩い(たた)た。乾いた音が小屋の中に響く。

傍で見守っている耀天は息を呑んだ。

「痛いでしょう。けれど、死ぬ時の苦しみはこんなものではないですよ」

そう言って、素月は彼女の体を起こした。愛蘭の目に涙が浮かぶ。彼女は素月に抱き付いた。声を押し殺してしゃくりあげる。

「わたしは、自分の命を大切にしない人が嫌いです。自分の命は自分のものです。それを他人に奪われるなんて許せません。ましてや、自分で投げ捨てることも。……自分の命は、自分で使って生きるものです。他の誰にも任せてはいけません」

自分が死の淵から生き返り、第二の人生を歩む時に決めたことがある。もう、誰にも自分の命を好きには使わせない。自分のために生きると。

素月は彼女の頭を撫でながら、安堵した耀天と視線を交わした。


「……ごめんなさい。助けに来てくれたのに、困らせてしまって」

「別に構わない。それより、ここからどうするかだ」

愛蘭が落ち着くのを待って、耀天が口を開いた。

「小窓から覗いたところ、扉の向こうに見張りが二人。これは問題ない。一人でやれる」

「まぁ、あなたなら大丈夫でしょうね」

耀天の強さは目にしている。彼の腕なら丸腰でも大丈夫だろう。

「ただ、あんたを連れて村から出なければいけない」

問題はそこだ。愛蘭を連れて村の外に逃げられるかどうか。

素月は顎に手をやり考える。三人揃って村の外に出ても良いが、あの竪穴の幽鬼を放っておくことはできない。放って逃げ出している間に、游喬ら、村の少女が犠牲になっては同じだ。となれば、自分は竪穴に向かう必要がある。

ならいっそのこと二手に分かれるか。

素月はあることを思い出し、愛蘭に視線を向けた。

「……愛蘭さん。ちょっと立ってください」

「え？」

「いいから早く」

急かしながら素月も一緒に立ち上がった。愛蘭との背丈を比べてみるとさほど変わらない。愛蘭は年齢の割に背が高いのだろう。

「着ているものを脱いでください。服を入れ替えましょう」

「え？」

「わたしも脱ぎますので、早く」

素月は白い帯紐を解くと、上から下まで真っ黒な襦裙を脱ぎ落として下着姿になった。

「何をしているんだ」

　耀天は頭を抱え、反射的に壁の方を向く。

「ちょうど雷文さんの女装を思い出しまして」

「雷文？」

「わたしはどうしても、あの竪穴を放っておくことができないのでそちらに向かいます。そのついでに、囮になろうと思いまして」

　愛蘭が脱いだ襦裙を受け取り手早く着替える。そして髪を留めていた残りの簪を外し、それを使って愛蘭の髪を簡単にまとめ上げた。

「考え直せ、危険すぎる。まずは一緒に逃げるんだ。夜が明ければ仲間が到着する手筈になっている」

　衣擦れの音が止んだところで、耀天は振り返って素月の腕を摑んだ。

「だめですよ。わたしたちが逃げている間に、別の少女が殺されたらどうなりますか。それこそ游喬さんとか」

「それは――」

　言葉に詰まる耀天に素月は嘆息した。そして真っすぐな目で耀天を見上げる。

「今回の目的を見誤らないでください。ここに来たのは愛蘭さんを救うためです。そして、祟りとやらを解決すること。二つを成し遂げなければいけないんです。そのためには、別々に行動するのが手っ取り早いです。わたしは大丈夫です、祓うための方法がないわけじゃありません」

険しい顔をして判断に渋る耀天の腕を、素月は安心させるように軽く叩いた。

「あなたは言いました。わたしを信じると。あの言葉は偽りですか？」

「……おまえ」

素月は晴れやかに笑った。

「なら、わたしを信じて下さい。わたしだって裏切りませんから。約束も違えません。ただ……思いの外、力を使うことになると思います。ですから、彼女を安全な場所に運べたら迎えに来てください。多分ヘロヘロになっていると思うんで。――でも、必ず生きて待っていますから」

寸分の揺るぎもない決意を漲らせる素月に、耀天がついに折れた。

「分かった……。だが、言ったことは守れよ」

「はい。でも、あなたは刀がなくても大丈夫ですか？」

「なければ奪えばいいだけの話だろうが」

外で見張りをしている村人たちを、耀天は引き戸越しに指さした。

（頼もしい限りで）

見張り役たちは、どうにも痛い目に遭う運命らしい。

＊＊＊

東の空を曙光がほんのりと橙色に染め始めた頃。引き戸の前に火薬を広げ、耀天は部屋の隅から火種を放り投げた。爆発音と共に火が燃え上がる。

火は嫌いだが、乗り越えるしかない。身を竦める愛蘭の肩を素月は抱きしめた。

「——何事だ！」

慌てて錠を外し、見張り役の男が戸を開けて中を覗き込んだ。耀天は一足に駆け寄り、男の顔面に拳をめり込ませる。

（あらら、痛そう）

そして半端に開かれた引き戸を蹴り飛ばした。

「何してんだてめえっ」

もう一人の男が刀を振り上げて耀天に襲い掛かる。耀天は軽々と避けると、男の腹に重い蹴りを入れた。男が手放した刀を手に取り、耀天は素月たちに向かって叫ぶ。

「——来い！」

素月は愛蘭の手を引き、小屋の中から飛び出た。そして彼女を耀天に預ける。

素月は耀天と視線を交わすと、どちらからともなく頷いて二手に分かれた。

「愛蘭が、山へ逃げたぞ！」

蹴り飛ばされた男が叫んだ。

素月は振り返ることなく走り続ける。道順は覚えている。石柱を辿っていけばいい。灯も不要だ、日が昇り始めた。何より、あの禍々しい気配を辿ればいい。

山に入ればその気配をよりいっそう濃く感じる。おそらく一度、聯繋してしまったからだろう。――おいで、と呼ばれている気さえする。

素月は息を切らして山道を駆け上がっていく。村の方で爆竹が弾けるような音がしたが、振り返る暇はない。振り返るつもりもない。

（あの男が、馬鹿みたいに信じろと言うから）

気づけば笑っていた。こんなにも息が切れて辛いというのに。

素月は足が速いほうではない。体力もそこそこだ。心臓の波打つ音が体中に響いている。口の中は血のような味がするのに、どうしてか悪くないと思った。

咳き込みながらも走り続け、ついに素月の目は注連を捉えた。足を止め、登り始めて初めて振り返る。まだ追い付かれていない。

（急がないと）

ずっと握りしめていた簪から針を抜くと、自分の掌に深く突き刺した。よりいっそう血が溢れるよう、抉るようにして。

そして胸元からとあるものを取り出し、地面に膝をついた。取り出したのは人の形をした形代だ。血を拭い、形代に指で文字を書く。——孫樂と。

本当ならこの術は使いたくない。けれど、彼の求めるものを与えることはできない。娘である璇璣の魂魄はこの世にはいないから。

昔話が本当だとすると、孫璇璣と孫樂の遺体は同じ場所にあるはずだ。けれど、それでも孫樂は娘の存在を求め続けている。おそらく先に生贄として死んだ娘の魂魄は、この世に留まることなく黄泉へと向かったからだ。

黄泉へ逝った魂魄は呼び寄せることはできない。

素月は細く、長い息を吐き出した。そして立ち上がり、竪穴を取り囲む注連に手を伸ばす。血の付いた左手で。

「——解」

一言告げる。手で摑んだ箇所から注連が黒く朽ちていく。術の効力がなくなったからだ。結界がなくなれば、そこから出てくるのは邪鬼のみだ。

「……始めるよ」

誰に言うわけでもなく、しいて言うなら自分に向けて呟く。素月は竪穴に血を注いだ。邪鬼——孫樂の幽鬼を呼び起こすために。

注連の全てが朽ちた時、素月の心臓は大きく波打った。見えない手で、心臓を鷲摑みにされたような苦しさが襲う。素月は思わず膝を折った。

――おいで。

地を這(は)うような声がする。禍々しい、真っ黒な靄(もや)が竪穴から漏れ出てくる。鼻をつくのは醜悪な臭い。靄の中からは、白い手が二本伸びてきた。地面を這うようにしてこちらに近づいてくる。次は目だ。靄の中から、ぎょろりとした人の目が現れた。素月と目が合うと、それはニッと嗤(わら)う。全身の毛がよだった。

気が付けば、素月の足が白い手に摑(つか)まれていた。足の先から凍らされていくような感覚と共に、ずるり、と竪穴の方へ引っ張られた。

咄嗟(とっさ)に地面に針を突き立て抵抗する。しかし、よりいっそう強い力で引っ張られる。

「わたしは年を取ってるんで好みじゃないと思いますよ！」

素月は叫ぶように言うと、胸元から先ほどの形代を取り出し、足を摑む白い手に張り付けた。

靄の中にある目が、この上なく見開かれた。同時につんざくような悲鳴が辺りを駆け抜ける。靄が、ぶわりと膨れあがった。

「孫樂、あなたの器です」

名と魂魄は断ち切れぬもの。引力のように引かれ合う。靄が形代に吸い込まれていく。

靄の全てが形代におさまったところで、それを地面に押し付けた。血で書いた文字を、灰青色に変化した目で見下ろす。今、この形代の中にあるのは孫樂という男の魂魄だ。

「お許しください」

素月は短く謝ると、針を形代に突き刺した。孫樂の魂魄を滅ぼすために。

その途端、青白い炎がぶわりと燃え上がった。その炎は素月の体をも覆いつくしていくが熱くはない。これは死者の、黄泉の炎だから。生きている素月には何も感じない。

ただ、孫樂の記憶が目の前に映し出されていく。


『返してくれ、璇璣は妻の忘れ形見なんだ！　生贄なら俺がなる！』

孫樂の元から、小さな少女が引き離されていく。彼女は村の広場で胸を一突きされ、あっけなく死んだ。そしてこの竪穴に放り込まれた。

孫樂は怒りに満ちた咆哮（ほうこう）をあげる。彼は鎌を持ち、少女を殺した者たちを次々に襲った。そして揉（も）みあう中で、彼は殺された。

『娘を返せ……。絶対に許さんぞ。この村を、おまえらを末代まで呪うからなぁ……！』

孫樂は最後に呪詛（じゅそ）を吐いた。彼の遺体は娘の璇璣と共に竪穴に放り込まれたが、彼の魂魄はすでに黒く穢（けが）れていた。

青白い炎の中で、孫樂の魂魄が燃えつきていく光景を素月は黙って見つめる。

孫樂に引導を渡したのは素月だが、引導など体のいい言葉だ。滅魂は人殺しと変わらない
彼の魂魄を滅ぼす——すなわち滅魂しか思いつかなかった。滅魂は人殺しと変わらない
と素月は思っている。

幽鬼が自ら黄泉へ旅立ってくれるなら良い。けれど滅魂は、魂魄自体を消滅させてしまう。黄泉へ辿り着くことができないのだ。だから、彼らに来世はないと言われている。

炎が次第に萎んでいき、形代を全て燃やし尽くした。残ったのは僅かな灰だけだ。

素月は睫毛を伏せ、力を失ったように地面に倒れ込んだ。

「あー……疲れた」

指先を動かすことすら億劫だ。

「おい、注連がなくなっているぞ！」

すると、すぐそこで村人たちの声が聞こえてきた。複数の声は素月の方へと近づいてくる。

「愛蘭がいた！……いや、愛蘭じゃねえ！　こいつ、例の方士じゃねえか！」

倒れている素月を見つけた男の一人が声を上げた。ぞろぞろと村人が集まってきて、素月を取り囲んで不審げな目で見下ろしてくる。

「おまえ、こんなところで何をしていた？　それにその血……！　聖域を穢したな！」

「注連を壊したのはおまえか!?　なんてことしやがったんだ、この醜女！」

男たちの怒号が頭上を飛び交っていく。

(まったく、好き勝手なことばかり言ってくれる)

素月は呆れ果て、くつくつと喉奥で笑った。そしてひどく冷めた目を彼らに向ける。

これだから人は嫌いなのだ。

「穢した? 馬鹿なことを言わないでください。……何も分からない素人風情が」

ぞっとするような翳りを帯びた微笑に、村人たちがいくらか気圧されたように眉を顰めた。

これなら祓わないほうが良かったかと言いかけた時、素月はあることに気づいた。

どうしてこの村を訪れた方士は〝この村の罪〟と言い切ったのだろうか。村長から昔話を聞いて? いや、それだけの情報では分からないだろう。

もしやその方士は、孫樂の魂魄に触れて情報を読み取ったのだろうか。あんなにも穢れた禍々しい魂魄に直接触れて? それで全てわかった上であえて放置したのだろうか。

(いや……。適当な勘で言っただけかもしれない)

体は重くて動かないが、思考だけは妙に回る。

だが男に胸倉を掴まれて、素月は思考を一旦中断させた。

「人の話を聞いてんのかっ。愛蘭はどこに行った!?」

いつの間にか村人たちは、顔を真っ赤にさせて怒っている。素月が考え事をしていて会話を聞いていなかったからだろう。

「愛蘭さんなら、今頃村の外でしょうねぇ」

とりあえず質問に答えてやる。

「なに？」

口元を引きつらせた男に、素月は鼻で笑った。

「あら、ご不満ですか？　なんであなたたちのために、小さな女の子が犠牲にならなきゃいけないんですか。保護するに決まっているでしょう。本当にあなた方は分かっていませんね。あたかも崇高な行為のように生贄を捧げようとしていますけど――それは立派な殺人なんですよ」

瞬間、素月の頰が男に叩かれた。言葉を聞きたくないと言わんばかりに。口の中が切れて血の味がする。

「この醜女が、分かったように――！」

次は男の拳が振り落とされる。

（誰よりも分かっているから言ってるんだけどね）

拳が近づいてきても素月は目を閉じなかった。それが、今の自分にできる精一杯の抵抗だった。こんな疲弊した状態じゃなければ逆に組み伏せてやるのに、残念ながら今は腕すら上げられない。

（まぁいいか……。殴られるのは慣れてる）

幼い頃に何度も叩かれ、殴られた。おかげで痛みには鈍くなっている。それに今更殴られたところで自分には火傷痕（やけど）がある。顔が腫れあがろうが、青くなろうが誰も気に留めない。――自分でさえも。

しかし衝撃は来なかった。突然、男の姿が視界から消える。何者かに腕を掴まれて横に吹っ飛んだ。

「――素月！」

名を呼ばれ、弾（はじ）かれたように声の主を見上げた。そこには、愛蘭を連れて行ったはずの耀天がいた。額に玉の汗を浮かべ、息を切らして素月を見下ろしている。

耀天の背後に陽光が射していた。太陽が昇り、空は白く燃えている。

「……耀天」

素月は初めて彼の名を口にした。今、自分が目にしている光景は、彼の名前のようだと思ったから。夜の闇を払い、天が輝いているようだ。

「すまん、遅くなった」

素月はぼんやりと辺りを見渡す。素月を取り囲んでいた村人たちが、それぞれ体のどこかしらを押さえて地面に倒れている。耀天は刀を手にしているが、刀に血はついていない。

一体どんな芸当をやってのけたのかは知らないが、村人たちが倒れているのは彼の仕業だろう。はぁ、と安堵の息をついて、素月はいつかのように大の字で寝転がった。

「ちゃんと生きて待ってましたよ」

「……祓えたのか」

「もちろんです。愛蘭さんは？」

「無事だ。白淵さんたちに託してきた」

「到着してたんですね」

「合図を送ったら、すぐに村の入り口まで駆け付けてくれた。おかげでここに辿り着けた」

合図……。そういえば、ここに来る途中で爆竹が破裂するような音を耳にした。

根回しの良いことだと、素月は目を閉じた。

「おい、寝るな」

「目を閉じてるだけですよ」

とはいえ、もう気を失ってしまいそうだ。安心したからか、意識が段々と遠のいていく。

「頬、打たれたのか」

「一発だけ、です。そもそも火傷痕がありますし、お気になさらず」

うつらうつらしながら答えると、腫れた頬を耀天の指がそっとなぞる。

僅かに瞼を上げて見えたのは、痛々しげに顔を顰める耀天の姿だ。どうしてそんな顔をするのか、素月には分からない。

いつものように、機嫌の悪そうな顔をしていればいい。そう思いながら、素月は深いまどろみの中に落ちていった。

「……少しくらい、気にしろ」

耀天が零した小さな囁きは、素月の耳に届くことはなかった。

＊＊＊

それからしばらくして、素月は空腹を覚えて游喬の家で目を覚ました。

「あ、起きた」

心配そうに顔を覗き込むのは、今回の依頼人である游喬だ。

素月は重い体を起こして部屋の中を見回した。どうしてか、今いるのは游喬だけだ。

（眠ってしまっていた）

ため息をついて左手で顔を覆う。すると、左手には丁寧に包帯が巻かれていた。

「手当、してくれたんですか」

「はい。こんなことくらいしか、出来ませんが」

「ありがとうございます。ご両親はどちらに？　あと、わたしの連れは」

すると游喬は言いにくそうに口を開いた。

「あの……。大人たちはみんな、村長さんのところに……」

「村長？」

「村長さんが、亡くなったって。その、自殺だって……。耀天さんたちも、今そこに」

游喬の口調には戸惑いが表れていたが、素月はすぐに悟った。

村長は己自身を保身的で愚かな人間だと言っていた。そんな彼が取ったであろう行動は容易に想像できた。

（自ら責を負ったのか）

人身御供の件が公になれば、関わった者たちは責を負わなければならない。彼は長として、一人で罪を被ったのではないだろうか。

けれど愛蘭は死んでいない。刑はそこまで重くならないはずだ。

（それとも、この先への戒めとして命を絶ったのか）

素月は立ち上がり、游喬に案内してもらい耀天の元へと向かった。

村長の家の前では、村人たちが集まっているが中へ入ることはない。雷文と白淵が立ち塞いでいるからだ。素月が近づくと、村人たちは恐れをなしたように道を空けた。

（なんで？）

首を傾げつつ、雷文たちの元へと足を進める。

「やっと起きたのか」

「無事でなりよりですね」

「ご迷惑をおかけしました。それであの、村長が亡くなったと聞きましたが」

二人は視線を交わすと、白淵が背後の家を指した。

「麗雪さんと耀天くんが中にいます。中に入るなら止めませんが、惨いですよ」

素月は頷くと、游喬を置いて一人で中へ足を踏み入れた。

家の中からは、女の啜り泣く声が聞こえてくる。土間を通り抜けて居間へと向かえば
──。

「……来たのか」

死体となった村長の前に、耀天が立っていた。

村長は胡坐をかき、壁にもたれかかるようにして死んでいた。その右手には短刀が握りしめられている。それで己の首を斬ったのだろう、辺り一面には血が飛び散っていた。

そして彼の妻らしき高齢の女が、麗雪に支えられて泣いていた。

耀天は素月に、無言のまま一枚の紙を差し出した。それが何なのか、聞かずとも分かった。受け取って目を通す。ところどころ血で汚れてしまっているが、端正な字は十分に読み取れた。

──遺書だ。

今回の一件は、全て自分に責があること。今回の件を機に、二度と人身御供をしてはならぬということが記されている。この手紙が公になるころには、崇りの元は絶たれているからと。

（わたしが祓うことに、賭けたんだ）

素月は遺書を耀天に返すと、村長の前に両膝をついて拱手した。

「おまえを担いで下りてきたら、既に亡くなっていた」

「……それで、愛蘭は？」

「部下が保護して都に連れていった。……家に戻すかどうかは、今後考える。こうなってしまっては、ここに戻りにくいだろう」

「そうですね」

後味の悪い事件だと、素月は嘆息した。結局人が死んでしまった。それも、村で一番良心があっただろう村長が。

「村人たちには俺から説明する」

「聞く耳持ってくれますかねぇ。幽鬼が見えない人間に説明したところでって感じですけど。現に祓った直後に罵られましたけどね」

「だが、おまえが祓ったことは事実だろ。それに安心しろ。おまえに害を加えるならそれこそ祟られるぞと脅しておいた」

「え」

「祓っておいて危害を加えられる身にもなってみろ。こいつは絶対にただでは死なないからな、ってな」

感謝していいのか文句を言うべきなのか、妙に悩む素月である。

すると麗雪に支えられていた村長の妻らしき女が、洟を啜りながら顔を上げた。

「わたしも微力ながら、手伝いましょう」

目尻に浮かぶ涙を指で拭い、彼女は村長の元へのろのろと足を進める。そして血だまりの中に足を踏み入れ、冷たくなった彼の片手を両手で握りしめた。

「主人はずっと悩んでおりました。前の方士の方に相談してから、ずっと……。生贄を捧げ続けろと言われてから。村人たちを止められないことに、その他の手段を見いだせないことに、愛蘭を生贄として認めてしまったことに。……でも、あなたが祓ってくださったというなら、それを信じましょう」

感謝の意を込めて、素月と耀天は深く頭を下げた。そして頭を上げた素月の瞳を、女はじっと見つめる。

「……それにしても、不思議ですね」

「何がでしょうか」

「方士の方々は皆、神秘的な容姿をされているものなのでしょうか。あなたの瞳の色は、見たことがありません。それに前に訪れた方士の方は、特に変わった色をしていました」

「え？」

「外套を深く被っておられましたが、ちらりと見えた髪は、月の光を集めたような銀の髪をしていました。目はぞっとするような赤い目でして」

銀の髪に、赤い目。

素月の脳裏に真っ先に浮かんだのは、師匠――暁陽の姿だ。

けれど師匠は男ではない。正真正銘の女だ。だが、そんなにも似た容姿が存在するのか。

「おい。そいつはどこに行くと言っていた。名は何と名乗っていた！」

するとどうしてか、耀天が顔色を変えて女に詰め寄った。声はひどく尖っている。目は獲物を狙う狩人のように鋭い。

一体何事だと、素月は瞬きした。

「え……。いえ、何も聞いておりません。名も、名乗る程ではないと。ただの流れ者だからと」

「流れ者？」

「はぁ。確かに、そう仰っていたかと。なんでも、探しているものがあるとか。それしかわたしには分かりませんが……。あの、どうかされましたか？」

耀天は険しい表情を解かないまま、首を横に振った。そして彼女から離れる。

「いや……。すまない、驚かせてしまって」

素月はよく分からず首を傾げて麗雪を見るが、彼女もまた、首を傾げていた。

＊＊＊

その後、耀天たちは村長の妻と共に、祟りの一件を全て説明した。それを村人たちが素直に信じたのかどうかは分からない。

素月は興味がなかったから同席しなかった。というより腹を満たすために游喬の家に籠もり、蒸し芋と柿をひたすら食べていた。

村人がどう思おうが、役目を果たした素月にはもう関係がないことだからだ。

そして耀天たちは、村を管轄している亭（てい）へ事件の引き継ぎを済ませ、馬で都への帰路に就く。

先頭を駆けるのは雷文と麗雪。その後を白淵、耀天と素月が続く。

「おまえ、腹は満たされたのか」

耀天は素月の横に馬を寄せて尋ねた。

「まずまずですかね」

「にしても、おまえは毎回倒れるな」

「祓うものが大物だと、それなりに力を使うんですよ」

とはいえ、師匠が倒れた姿など見たことがないが。

（師匠か……）

素月は耀天の横顔を一瞥した。村長の家での出来事以降、耀天は普段通りだ。

一方素月はずっと気にしている。游喬の村を訪れた方士と、性別こそ違うものの、師匠が似た容姿をしていることに。そして、あの時の耀天の様子。

元々素月の性格上、気になったことは確認しないと気が済まない。なので思い切って尋ねることにした。

「あの、聞きたいことがあるんですけど。というより、言いたいことがあるといいますか」

「なんだ突然」

「村を訪れた方士のことで。村長の奥さんから話を聞いて、あなた、顔色を変えましたよね。あなたに関係がある人なのですか」

耀天は手綱を握る手に力を込めたが、表情は変えなかった。

「……関係があると思っている。前に言っただろう。俺は、ある男を追っていると」

「李辰さんの仇のことですか」

「ああ。そいつは、銀の髪に赤い目をしていた」

瞠目する素月を尻目に、彼は言葉を続ける。

「今日まで有力な情報は何ひとつなかったんだがな……。そいつが確かに存在していたことが分かって、俺は不思議と嬉しく思っている」

耀天の口元に歪んだ微笑が浮かび上がり、素月の背筋にぞくりとしたものが駆け抜けた。

その目は、以前感じた狩人のような――いや、違う。獲物を狙う、猛獣じみた目をしている。少しでも触れてしまえば、喉元に牙を突き立てられてしまいそうな。

しかしその形相は一瞬で、すぐにいつもの表情に戻った。

「それで、言いたいことってなんだ」

「え、あぁ……。ええと……」

「なんだ、歯切れが悪いな」

素月は自分で言っておきながら、しまったなぁと悩んだ。

そんな相手と師匠が似ているだなんて、非常に言い辛いのだが。だが一度口にしてしまったものは仕方がない。それにその男が方士である時点で、師匠と関係があってもおかしくない。

逡巡したが、結局説明することにした。

「あの。わたしの師匠が行方不明なのは知っていますよね」

「あぁ」

「わたしの師匠は暁陽というのですが。……彼女もまた、銀髪で赤目なんです」

耀天ははっと息を呑んだ。そしてまじまじと素月の顔を見つめる。

「本当なのか」

「ええ。性別が違うので、あなたが追っているその男とは違いますが、どうにも繋がりがあるのではないかと思えてきて。二人は偶然にも方士ですし」

でも、と素月は言葉を付け加えた。

「わたしの師匠は、人を傷つけたりするような人ではありません。絶対に。そこは分かっていてほしいんです」

真剣な眼差しで訴える素月に、耀天は短くも強く頷いた。

「分かってる。おまえの師匠は立派な人物だと、今までの会話で理解しているからな」

「え?」

「一筋縄でいかないおまえを育ててきたんだろ。良くできた人でないと無理に決まってる」

師匠は誉められているのに、どうしてか自分は馬鹿にされているような気がする。

「わたしのこと馬鹿にしてませんか」

「おまえの師匠に感心してるんだ」

耀天は意地悪く笑うと前を見据えた。

「おまえといたら、今後も何かしら手掛かりが摑める気がする。俺が追っている男が方士であれば尚更な。それに……。おまえの師匠とも、どこかで繫がる気がする」

「それ、ただの勘ってやつですよね」

「けど、おまえだって同じ疑問を抱いている。そんな珍しい容姿は、世の中でそうそうお目にかかることはないからな」

　素月は無言で肯定を示した。耀天の言う通りだからだ。

　自分は師匠の素性について詳しくは知らない。彼女は家族のことも含め、素性を何一つ語ることはなかった。

（一番に考えられるのは、血の繫がりか）

　素月は夕焼けに燃える空を見つめた。

「……なら、しばらく下女生活を続けるしかないですね」

「構わないのか？」

「ええ。街にいるほうが、師匠の情報が入ってきそうですし。李辰さんの仇が方士であるなら、わたしの能力は役に立つはずです。……それに今回の件をはじめ、幽鬼が絡む悲しい事件を放っておくことはできませんしね」

　師匠である暁陽と、彼女によく似た容姿の男。二人揃って方士とくれば、何かしらの繫がりがあると考えるのが妥当であろう。

だとすれば、どちらかに辿り着けば、必然的にもう片方にも辿り着けるはずだ。

今後も幽鬼の絡む事件を引き受けていけば、何かしらの手掛かりが掴めるかもしれない。

今回のように。

（……幽鬼の絡む事件、か）

幽鬼を救うために素月は仕事をしている。けれど幽鬼を救うことと、身勝手な人間に同様の報いを受けさせることは同義ではない。それは、どことなく分かってきた。

素月には理解できなかったもの。人は善悪——白黒の二つのみに分けることは不可能で、ほとんどが様々な感情が入り混じった灰色だ。

だからこそ、広い視野が必要なのだろう。幽鬼を、そして人を理解するために。

もちろん、人はまだ嫌いだ。けれど今、こうして皆で駆けていることは嫌ではない。

素月の中で何かが少しずつ変化している。その変化の先に、何が待っているのか知りたいと思うから、もうしばらく彼らと共にいるのも悪くない。

「おーい、旦那ら！　ちんたら走ってると置いてくぜ！」

「喋るなら帰ってからでいいじゃんっ」

「お二人とも、急かされてますよ」

前を走る仲間たちから、さっさとしろと声が飛んでくる。

耀天と素月は目を見合わせると、馬の腹を蹴り、速度を上げて駆けて行った。

終章

素月は耀天に連れられ、市場にある酒屋にやって来た。今日の夕飯は外で食べるぞ、と言われて。

游喬たちの村から都に戻って、三日後。

日が傾きかけても、市場の中――特に、酒屋が立ち並ぶ通りは多くの人で賑わっている。

耀天の後に続いて店の暖簾を潜れば、

「あ、来ましたね」

既に白淵、雷文、麗雪、水藍がいて、酒杯に酒を注いで素月たちを待っていた。素月と耀天が着席するなり、水藍が上機嫌な表情で、酒杯を片手に立ちあがる。

「それでは皆様、ここ最近色々とお疲れ様でした。そしてー、素月ちゃんが仲間入りしたことを祝い、乾杯っ」

水藍の高らかな掛け声が酒屋に響き渡り、皆が酒杯に口をつける。

その光景を、素月はぽかんとした表情で眺めていた。

「何してんの、素月ちゃん。今日は耀天の奢りなんだからぁ。ほら、ぐいっと！」

横に座る水藍に急かされ、素月は皆に倣って酒を一口飲んだ。

「ていうか、なんで水藍が仕切ってんだよ！　そもそも、俺が旦那に飯奢ってもらう話だったんだぞ。勝手に話を変えやがって！」

「せっかくなら皆で飲んだ方が楽しいじゃない。ねぇ、麗雪？」

「そうだよ。大体ね、雷文。そんな小さなことばかり言ってるから、いつまでたっても身長伸びないんだよ。恋人ができるのも、一体いつになるのやら」

呆れ果てる麗雪に、彼は盛大に口元を引きつらせた。

「うるせえんだよ！　俺はまだ、成長途中だ！」

「あらそ。中身もちゃんと成長できたらいいけどね。白淵さんみたいに、こう、大きな懐がないと」

「はあ!?」

「こらこら、お二人とも」

白淵が二人の間に入って窘める。

「はい、お待ち」

すると、素月たちの卓に火鍋が運ばれてきた。山椒と唐辛子の香りが鼻をくすぐる。

具は鶏肉、韮、葱、椎茸がたっぷり入っていて、素月は唾を飲み込んだ。

それだけでない。大好きな肉饅頭も運ばれてきて、素月の目がきらりと輝く。

「……食べていいんですか」

「そのために連れてきた。好きに食え」

「では、遠慮なく」

素月はさっそく、料理を食べ始める。

「おまえら、喧嘩してるとこいつに全部食べられるぞ」

「「え！」」

雷文と麗雪は一旦言い争いをやめ、素月に負けじと食べ始める。それを見ていた水藍が可笑しそうに笑う。

「みんな食い意地張ってるわねぇ」

「水藍さん、あなたは食べなくていいんですか？」

「わたしは白淵さんと同じで、軽くつまめてお酒が飲めたらいいのよぉ」

「そうですか」

「……それにしても、本当におまえはよく食べるな」

耀天が、素月の見事な食べっぷりを眺めながらぼそりと呟く。

「お腹は常に空いてますので」

「どんな胃袋してんだ、本当に」

「さぁ、分かりません。それより、わたしはあなた方の仲間になったんですか？」

自分は捕吏でもなく、公的に協力する検屍官でもないのだが。

「俺らはそう思ってるけどな」

素月は一旦箸を持つ手を止めて、耀天たちの顔を順に眺める。

「一緒に墓暴きした仲じゃない？」

「そうだよ。なんだかんだ皆と一緒に動いてるし。もう仲間だよね」

「おまえの能力、少しは役に立つしな」

「雷文くん、少しどころじゃないですよ。本当に素直じゃないですね」

「うるせえよ、白淵さん」

開いた窓からは、肌寒い秋の夜風が流れてくる。

それでも心がほんのりと温かいのは、火鍋のせいだろうか。素月の口元には、いつの間にか自然と笑みが浮かんでいた。

皆、素月の表情を見て固まる。

「おまえ——」

「え？」

耀天が何かを言いかけたが、素月の表情はすぐに戻っていた。

「いや……。なんでもない」

そっぽを向く耀天に首を傾げるが、彼はそれ以上何も言わず、食事を再開する。

「言いたいことがあるならはっきりと言ってください。気になるじゃないですか」

「だから、なんでもないって言ってるだろうが。それより食べなくていいのか。減ってくぞ」

「あ、食べますってば」

素月が勢いよく食事を再開する傍ら、水藍と麗雪がにやにやと耀天を眺めている。

「……なんだよ」

耀天が二人をじとりと睨む。

「いやぁ。明薇さんには悪いけど、素月ちゃんが来てくれて良かったわねぇ」

「うんうん。捕頭もたまには可愛いところあるよねぇ」

「何が言いたいんだ、おまえら」

「『べっつにー?』」

二人は目を見合わせて笑い、それを眺めていた白淵も、穏やかな表情で微笑んでいた。

「ったく、なんだってんだ」

「あ！　旦那、こいつ本当に全部食っちまいやがった！」

「は？」

いつの間にか火鍋の具は全て素月が平らげていて、皆、呆れ果てたように素月を眺める他ない。

「本当に、おまえは遠慮なしだな」

「遠慮なく、とちゃんと言いましたけど」

耀天は溜め息をつき、涙目になっている雷文のために料理を追加注文する。

（……仲間、か）

素月は食卓を囲む面々を眺める。皆、肩の力を抜いてそれぞれ楽しんでいるようだ。

こうして大勢で食事をすることは初めてで、正直、あまり落ち着かない。でも――悪くない。

素月は膨れた腹を擦り、窓から外を眺める。すっかり暗くなった空には、いつの間にか白い月が浮かんでいた。

富士見Ｌ文庫

月華の方士
夜見戻りの贄は闇を祓う

深海 亮

2024年９月15日　初版発行

発行者　山下直久
発　行　株式会社 KADOKAWA
〒102-8177　東京都千代田区富士見２-13-３
電話　0570-002-301（ナビダイヤル）

印刷所　株式会社暁印刷
製本所　本間製本株式会社
装丁者　西村弘美

定価はカバーに表示してあります。　◇◇◇

本書の無断複製（コピー、スキャン、デジタル化等）並びに無断複製物の譲渡および配信は、著作権法上での例外を除き禁じられています。また、本書を代行業者等の第三者に依頼して複製する行為は、たとえ個人や家庭内での利用であっても一切認められておりません。

●お問い合わせ
https://www.kadokawa.co.jp/（「お問い合わせ」へお進みください）
※内容によっては、お答えできない場合があります。
※サポートは日本国内のみとさせていただきます。
※ Japanese text only

ISBN 978-4-04-075574-8 C0193
©Toru Fukaumi 2024　Printed in Japan

花街の用心棒

著／深海 亮　イラスト／きのこ姫

腕利きの女用心棒、後宮で妃を守る！
（そして養父の借金完済を目指します！）

雪花は養父の借金完済を目標に、腕利きの女用心棒として働いていた。しかし美貌の若き大貴族・紅志輝の「後宮で貴妃の護衛をしろ」との拒否権のない依頼により、否応なく暗殺騒ぎと宮廷の秘密に迫ることになり——。

【シリーズ既刊】1～4巻

富士見L文庫

あなたの代わりはできません。

ズボラ女と潔癖男の編集ノート

著／深海 亮　イラスト／銀行

立花玲子 27 歳、小説編集者。
嫌いな先輩と体が入れ替わりました!?

小説編集者として働く玲子だが、仕事はうまくいかず彼氏は音信不通に。心が折れた夜、玲子は同じ編集部の天敵・山崎の前で泥酔。翌朝二人の体が入れ替わっていた!　二人は互いを演じて仕事を乗り切ると決め——。

富士見L文庫

紅霞後宮物語

著／雪村花菜　イラスト／桐矢 隆

これは、30歳過ぎで入宮することになった「型破り」な皇后の後宮物語

女性ながら最強の軍人として名を馳せていた小玉。だが、何の因果か、30歳を過ぎても独身だった彼女が皇后に選ばれ、女の嫉妬と欲望渦巻く後宮「紅霞宮」に入ることになり——!?　第二回ラノベ文芸賞金賞受賞作。

【シリーズ既刊】1～14巻 **【外伝】**第零幕1～6巻 **【短編集】**中幕

富士見L文庫

後宮一番の悪女

著／柚原テイル　イラスト／三廼

地味顔の妃は「後宮一番の悪女」に化ける――

特徴のない地味顔だが化粧で化ける商家の娘、皐琳麗。彼女は化粧を愛し開発・販売も手がけていた。そんな折、不本意ながら後宮入りをすることに。けれどそこで皇帝から「大悪女にならないか」と持ちかけられて――？

【シリーズ既刊】1～3巻

富士見L文庫

富士見ノベル大賞
原稿募集!!

魅力的な登場人物が活躍する
エンタテインメント小説を**募集中!**
大人が**胸はずむ小説**を、
ジャンル問わずお待ちしています。

★★★
大賞 賞金**100**万円

優秀賞 賞金**30**万円

入選 賞金**10**万円

受賞作は富士見L文庫より刊行予定です。

WEBフォーム・カクヨムにて応募受付中

応募資格はプロ・アマ不問。
募集要項・締切など詳細は
下記特設サイトよりご確認ください。
https://lbunko.kadokawa.co.jp/award/

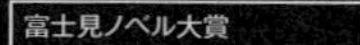

検索

主催　株式会社KADOKAWA